11
ネコ光一
Illustration
Nardack
U0028882
WORLD
異世界式教育特務
TEACHER

CONTENTS

Illust：Nardack

《序章》

於某次任務中喪命的我轉生到這個異世界的原因，在與師父重逢時揭曉……一年過後。

跟對我而言、如同家人的弟子們的旅行一帆風順，我們一下體驗當地特有的風俗及美食，一下遇見神祕的種族及魔物，生活處處都是驚喜，十分充實。

尤其是弟子們明顯有所成長，身為師父，我感到很驕傲。

弟子們在各種意義上變強了，日常行為卻沒有太大的變化。

例如……艾米莉亞開始往隨從而非徒弟的方向開始鍛鍊，前幾天卻自顧自地說什麼銀狼族的發情期到了，鑽進我的被窩。

講點題外話，我問了雷烏斯，他說從沒聽過銀狼族有發情期，於是我跑去逼問艾米莉亞，得知她在呼嚨我。

『我很高興妳對我示愛，但說謊是不對的。這段期間禁止摸頭。』

『啊啊!?非常抱歉！』

真是……拜託不要亂扯發情期這種會讓人有點擔心的事。我又不會拒絕她，所以我叫她之後不用找理由，直接跟我說就行了。

之後艾米莉亞安分了一段時間，大概是少了我的摸頭，對她來說是攸關生死的問題。

莉絲和她取名為奈雅的精靈，羈絆更加緊密，連天災都能輕鬆引發。

在魔法方面，她恐怕是我們之中最強的。

以前她因為個性溫柔穩重的關係，有膽小的一面，現在心靈卻變得堅強許多，心智年齡有所成長，偶爾會展現出大人的風範。

話雖如此，她旺盛的食欲依然沒變，所以跟雷烏斯一樣是個值得餵食的孩子。

而我的義弟雷烏斯，說他在我們之中成長幅度最大都不為過。

每一天的模擬戰，我陷入苦戰的次數愈來愈多，雖然有時打得很辛苦，能親身感受到他的成長，我也很高興。

但他因為滿腦子只想著變強的緣故，不瞭解女性的心情，言行舉止還是老樣子天然，真希望這方面他可以多成長一些。

菲亞從對妖精來說地位至高無上的聖樹手中，獲得聖樹種子及自由旅行的許可，簡單地說就是狀況絕佳。

除了使用風精靈魔法和與種子同時取得的聖樹之弓的技術外，她對我的愛意也與日俱增。

再加上夜襲次數也增加了，彷彿在暗示她想快點生小孩，我常常被搞得很累。也罷，反正我早就做好覺悟，再加上精靈受孕的可能性非常低，所以我打算努力回應她的心意，一步一步慢慢來。

最後是北斗……牠沒什麼變化。

身體沒有變大，想撒嬌的時候會盡情撒嬌。經常因為太高興的關係用身體撞我，不過牠依舊是我可愛的同伴。

……儘管有種比起外敵，我遭到自己人襲擊的頻率還比較高的感覺，這一年真的過得很充實。

我和可靠又有個性的同伴在阿德羅德大陸旅遊，抵達某座港都時，決定前往另一塊大陸。

因為阿德羅德大陸我們幾乎都逛過了，這座港口又有能載馬車的大型船隻。

於是，經過數日的航行，我們來到從未涉足的新天地……休普涅大陸。

《亞比特雷》

休普涅大陸。

這個世界幅員最遼闊的大陸，跟其他大陸比起來氣候較為寒冷，因此據說是有點不適合人類生存的大陸。

獨特的部落及國家比阿德羅德還多，種族也五花八門。尤其是冬天……到了雪花之月，整片大陸似乎會降下大雪，連移動都處處受限。

雖然是感覺很危險的大陸，離雪花之月還有幾個月，而且又能看到罕見的東西及景色，所以我們就過來了。

「從沒來過這片大陸呢，真期待有什麼東西。」

妖精規定的旅行期間是十年，所以菲亞當時沒空到這邊遊歷。

由於妖精壽命長，外表幾乎跟一年前沒有差別的菲亞，一面下船一面感慨地說。

「空氣不太一樣，所以很有來到新大陸的感覺呢。是說菲亞小姐，妳穿這樣不冷嗎？」

跟在菲亞後面下船的莉絲，看著身著薄衫若無其事地走在路上的菲亞，開口詢問。

「妖精不怕冷，這點程度還可以。我比較擔心妳耶？」

這片大陸特有的氣候導致氣溫偏低，莉絲會擔心很正常。

「我有奈雅陪在身邊，習慣寒冷了。」

或許是因為時常跟水精靈待在一起，莉絲在另一種意義上耐低溫的樣子。

長得比以前高了些，散發穩重氣質的莉絲，向待在身旁的水精靈——奈雅微笑。

「這個溫度我也覺得還好，反而想去跑幾圈。」

「你想跑步只是因為待在船上很無聊吧？」

銀狼族姊弟——雷烏斯和艾米莉亞接著出現。

身體持續成長，彷彿在說他沒有極限，長得比我們所有人都高的雷烏斯，正在擺動四肢舒展僵硬的身體。

另一方面，跟弟弟的身高差距變得更大，女性魅力卻不斷增加的艾米莉亞，無奈地看著靜不下來的雷烏斯。

我不禁覺得他想運動的原因不在於漫長的航行，而是因為他是銀狼族——是犬科動物。狗給人一種天氣再冷，都有辦法精力十足地奔跑的印象。

「看來銀狼族挺耐寒的。這樣的話，覺得冷的只有我一個囉。」

我跟拖著馬車的北斗最後下船，被大陸特有的寒風吹得身體抖了一下。

「比想像中還冷，可能是因為這裡海風強。再多穿一件好了。」

「天狼星少爺，請圍圍巾。」

「不好意思。借我用一下。」

艾米莉亞幫我圍上大家因為不怕冷而脫下的圍巾，我以摸頭答謝。

在幸福地笑著搖尾巴的艾米莉亞，以及蹭到我身上為我擋風的北斗的包圍下，我們離開港口，前去街上參觀。

這座港都人稱休普涅大陸的玄關，規模龐大，來自其他大陸的物資及人潮也聚集於此，所以看得見各種文化風俗的影子，稱得上這塊大陸的特產的東西則不多。可惜，看來得到下一座城鎮才會有新發現和珍奇物品。

我們就這樣在街上閒逛，於太陽開始下山前找到合適的旅館訂了兩間房，聚集在其中一間房間開會。

「那麼，終於來到休普涅大陸了，大家也知道我們正面臨一個問題吧？」

「是的。對我們來說攸關死活的問題。」

「船資挺貴的呢。」

沒錯……問題是沒錢。

我們一直以來都是接冒險者公會的委託賺錢，一面旅行，但開往休普涅大陸的定期船，船資比想像中還貴。由於船長並非獸人，北斗的份害我們被小坑了一筆。

雖然不至於馬上就兩袖清風，現在的狀況迫使我們差不多該認真賺錢了。只要省點餐費，應該多少會輕鬆一些，不過弟子們會難過，因此這是最後的手段。

儘管有很多事要考慮，我們也不是第一次缺錢，去這座城市的冒險者公會賺就行了，然而……

「我可不希望三餐的量變少。得努力賺錢才行！」

「不過，沒有符合條件的委託呢。」

去旅館之前，我們先繞去城裡的冒險者公會一趟，不只委託數量不多，適合我們的委託更少。

因為有跟我們一樣把錢花在船資上的冒險者，委託一張貼出來就會立刻被拿走。

「剩下的要不是長期委託，就是付出的時間與酬勞不成正比。」

「很遺憾，有時就是會發生這種事。我有個建議，要不要乾脆放棄在這座城鎮賺錢？」

我在收集情報的途中得知，離這座港都有段距離的地方，有座居民大多是獸人的大城市……不，以規模來說，或許該稱之為國家。

國名是……亞比特雷。有時會稱之為獸國。

亞比特雷由人稱獸王的國王統治，是跟我們住過一陣子的艾琉席恩差不多大的國家。國土那麼廣闊，公會的委託應該也不少，說不定還會有許多罕見的東西。

我們都聽說過那個情報，因此弟子們似乎馬上就理解了我的想法。

「要在那裡邊賺錢邊觀光的意思？」

「對。聽說那邊治安不錯，我本來就打算去看看。」

「好的。晚點我去採購必需品。」

「獸人的城市啊，說不定有跟我一樣的銀狼族。」

「單純在街上散步應該也很有趣，因為獸人的種族真的很多。」

於是，我們迅速決定好方針，又收集了一些休普涅大陸的情報後，啟程前往亞比特雷。

途中，從未見過的魔物和獨特的攻擊方式讓我們驚訝連連，不過多虧事前聽說的情報，都還應付得來。

晚上氣溫會一口氣下降，有時不太方便露宿野外，但我們有在城裡添購的防寒用品，等同於一整塊毛皮的北斗又會蹭過來，所以不用擔心受凍。

這段旅途一帆風順，我們卻在抵達目的地的同時遇到問題。

最近帶著北斗走在路上變得理所當然，我們以為那就是日常生活。

卻忘了北斗……不，名為百狼的傳說中的存在，會對周圍造成多大的影響。

離開港都的數日後，我們終於抵達目的地亞比特雷。

如情報所示，是個泱泱大國，不輸給艾琉席恩的宏偉城牆圍住城市，城牆另一側隱約看得見城堡的頂端，獸王大概就在那裡。

久違的大國令我心生期待，駕駛馬車來到城牆一角的城門前，負責做入城審查的門衛發現我們……

「那個……該、該不會是!?」

「是、是百狼大人嗎!?」

「是百狼大人！」

那些門衛看見北斗，開始大聲嚷嚷。

我早已料到北斗在獸人的國家會引起騷動，可是這次運氣有點差。

「等、等一下！為何百狼大人在牽馬車!?」

「你這傢伙！竟敢讓百狼大人拖車！」

因為門衛都是最容易受到北斗影響的狼或犬族獸人。

北斗是自願幫我們拖車的，然而在一無所知的獸人眼中，應該會覺得我們在奴役神之使者百狼。

「而且你們看！不只我們的同胞，那個人族還給妖精戴項圈！」

「混帳東西！虧你膽敢出現在我們面前！」

戴著頸鍊的兩姊弟和菲亞還被誤認為奴隸，雖然不至於掏出武器，他們開始對坐在駕駛座的我釋放殺氣。

我已經習慣北斗在每座城鎮被人當成神明尊敬、祈禱的畫面，完全忘記考慮這個風險。

「天狼星前輩，怎麼辦？」

「這樣下去情況會變得愈來愈複雜，莉絲，妳躲在後面就好。」

我叫人族莉絲在馬車裡待命，跳下馬車，慢慢走到門衛面前，設法解開誤會。

「啊——初次見面。你們好像誤會了什麼，所以我先說明一下，這三個人並不是奴隸。」

「不然那個項圈是什麼？快放了我們的同胞！」

「那是飾品，直接讓你們看看應該比較省事。你們三個可以把頸鍊拿下來一下嗎？」

「好吧。」

「我不太想拿掉的說。」

若這是給奴隸戴的支配項圈，奴隸本人是無法自力拆除的，這樣應該能證明他們三個並非奴隸。

聽見我的指示，雷烏斯和菲亞取下頸鍊，只有艾米莉亞特別不甘願。

「我等於是天狼星少爺的奴隸沒錯，再說，我一點都不介意被他人如此看待。」

「很高興妳這麼喜歡我，不過現在先把頸鍊拿掉吧。」

「……知道了。」

艾米莉亞一副由衷感到遺憾的態度，解開頸鍊後，這些門衛似乎理解他們並非奴隸了，但仍對我保持戒備。

最大的問題在於我看起來像在使喚百狼北斗，所以只要讓他們知道北斗是自願幫忙拖車即可。

首先應該要由北斗親自說明，不過對方情緒這麼激動，很容易曲解其他人的意思。事實上，過去就有類似的案例。

還是乾脆直接走其他路線？

試著告訴他們拖車是北斗的興趣，我們則是照顧北斗的隨從……也就是比他低等的存在好了。

我立刻對北斗下跪——

「嗷嗚……」

……不行。

北斗把臉蹭向我的胸口，怎麼看我的地位都不會比牠低。在我思考有沒有別的方法騙過他們時，北斗對門衛輕輕叫了一聲：

「嗷！」

「原來如此！是這樣啊！」

「嗷，嗷！」

「百狼大人美麗的毛，是靠那男人保養的？原來……的確，有這麼優秀的技術，難怪百狼大人要帶著他。」

他們似乎往自己能接受的方向解釋了。

根據雷烏斯的翻譯，北斗好像跟他們說我是每天幫牠整理毛髮的重要存在，門衛卻把我當成專門梳毛的傭人。我每天都會為牠梳毛，所以這樣想其實也沒錯。其他同伴則是負責照顧……服侍北斗的，北斗為了腳程慢的我們才在拖車。

雖然有一堆誤會，門衛的殺氣及疑心消失了，所以就這樣吧。

誤會解除後，終於要開始做入城審查。

「嗷！」

「是！百狼大人認可的人當然沒問題！請通過！」

「嗷？」

「若您要找這些人也能住的旅館，我推薦從中央地區往東走一段距離，叫做王狼館的旅館。那是市內最大的旅館，百狼大人應該也能得到充分的休息。」

百狼這麼一喝——不對，一吠，不僅讓我們直接進城，還順便獲得了住宿情報。

省下時間是很好沒錯，不過保護城鎮的門衛這個態度沒問題嗎？北斗再怎麼偉大，至少該調查一下我們的來歷吧。

「這個國家……沒問題嗎？」

聽說治安很好，但我在各種意義上開始擔心了。

我懷著一抹不安，在對我們敬禮的士兵目送下穿過城門。

就這樣，我們順利進入亞比特雷，城門另一側不是街景，而是廣大的田野。

看來城牆附近是農園地帶。面積這麼廣，代表這裡有許多居民。

我們在田間的道路上走了一會兒，終於抵達城鎮，為眼前的景色讚嘆。

「喔喔，真的都是獸人耶。」

「不愧是獸人之國。」

「能看見這種新鮮的畫面，也是旅行的醍醐味。」

沒看見銀狼族，但除了兩姊弟那種狼族獸人外，還有貓、兔、狐……種族多到看不見同族的獸人，悠閒地走在路上。

據我觀察，約九成居民是獸人，剩下一成是人族及其他……吧？

「不只北斗，天狼星前輩和我也有點引人注目呢。」

「因為人族很稀奇。目前沒感覺到可疑的視線，不過莉絲跟菲亞還是盡量避免單獨行動。」

這個國家這麼大，有心懷不軌的獸人也不奇怪。雖然我不認為有人看到北斗跟我們在一起還敢出手。

至於走在街上的獸人的反應……大多是一看到北斗就讓開一大條路鞠躬，或是合掌祈禱。

這種情況在之前去過的城鎮也碰過好幾次，但規模這麼大，我實在不知道該做何反應。

再加上百狼拖著一輛馬車，好像還有人誤以為這是載王族或重要人物的馬車。

現在的氣氛，就算我們直接前往亞比特雷的城堡都不奇怪。

可是我不打算跟王族扯上關係，只想趕快找到那家旅館停馬車。

「現在是因為有北斗先生的氣勢，總有一天，天狼星少爺光走在路上就會變成這樣吧。」

「不對啦，姊姊。北斗先生是因為有大哥才跟我們在一起，所以這也是大哥的實力。」

「雷烏斯，你偶爾也會講點好話嘛。」

好想在姊弟倆的對話更加失控前快點到旅館。

「喔喔……百狼大人！您竟然選擇這家旅館留宿，真是光榮之至！」

傍晚，我們終於找到門衛說的王狼館，如這家旅館的名字所示，老闆是狼族獸人。

北斗的身分是我的從魔，身為百狼的牠卻跟一般客人一樣被帶進店內，老闆急忙從裡面跑出來招待我們。

「嗷！」

「噢，百狼大人名為北斗嗎？那麼請讓我帶您到本店最高級的房間……」

「嗷嗚……」

「咦……跟那些人住同一間就好？可是……好、好的。既然北斗大人這麼說……」

北斗表示非得跟大家住同一間房間，老闆看了我們一眼，點頭說道：

「這幾位是北斗大人的隨從對吧？我為各位安排最高級的房間。」

「啊……不好意思，我們身上沒多少錢……」

「不不不，不需要錢。光是百狼大人蒞臨本店，對本店來說就是至高無上的榮耀！」

「那怎麼行。可以的話，我想要一間普通的房間。」

「萬萬不可！給百狼大人住這麼簡陋的房間，會害我們一族蒙羞！」

一個大男人當場眼泛淚光，但我可以理解他的心情。

對他們而言，北斗是等同於王族……不對，等同於神明的存在，隨便找間房間給他住，會砸了旅館的招牌吧。

老闆像在哀求似的拜託我們，不過這間王狼館是非常高級的旅館，住宿費也高得驚人。

既然如此，我們住最便宜的房間，北斗自己住豪華房呢？

北斗感覺不會同意，只能請牠忍耐了。我將這個方法告訴老闆，他想了一下後點點頭。

「不然這樣好了，這次破例讓各位用最低價入住！」

「那就麻煩了。」

立刻決定。

我們旅行時經常露宿野外，至少待在城市的期間想住比較好的旅館。既然價格便宜，實在沒理由拒絕。

之後老闆帶我們去的地方不是旅館的房間，而是王狼館用地內遠離本館的建築物。

「這是本店引以為傲的別館，想必能符合北斗大人和各位的需要。」

這棟建築物比我小時候住的宅邸大一些，宛如一棟小別墅。平常好像是王族或高階貴族隱瞞身分外出時住的地方。

「只要將魔力注入玄關的魔導具，就能跟我們所在的本館聯繫上。需要準備食物的時候，請用它通知我們。」

屋內還有儲備食材，似乎可以隨意使用。

大致介紹完館內的設施後，老闆深深一鞠躬，回到本館。

沒什麼錢卻能住進豪華旅館的運氣令我們興奮不已，分頭在屋內走動。

這不是在探險，是為了確認緊急情況時的逃生路線，以及調查是否有設陷阱。在鎮上的旅館留宿時，我們一定會檢查一遍。

「竟然整棟房子都可以隨我們用，好奢侈喔。」

「房間也很多，一人住一間房間都沒問題。」

「這家旅館……真不錯。等等得把身體洗乾淨……」

「妳未免太急了。啊，地下有幾瓶紅酒。」

「哎呀，找到好東西了。之後一起喝吧。」

結果並沒有找到可疑的東西，因此我們坐在客廳的沙發上，享用艾米莉亞的紅茶稍事休息。

「天狼星少爺，今天應該能好好休息了。」

「是啊，都是託北斗的福。今天我會幫你梳毛梳個夠。」

「嗷！」

「噗!?我、我知道你很高興，但你太興奮了。」

北斗以要把我撞飛的氣勢撲到我懷裡，在我摸牠頭的時候，姊弟倆拿著專用刷子默默接近。

「…………」

「……也會幫你們刷，別用那種眼神看我。」

「是！」

「好！」

姊弟倆搖著尾巴應聲。

看來今晚的時間都得用來梳毛。

抵達亞比特雷的第二天。

由於旅行累積的疲勞，我們起得比平常還要晚，準備出門去街上散步。

王狼館的老闆卻在我們出發前給予跟北斗有關的忠告。

「那個……這話實在很難以啟齒，不過今天北斗大人最好不要外出。」

我詢問詳情，昨天沒看到北斗的獸人們似乎在街上到處尋找，企圖至少看牠一眼，還有人在旅館前面等待，想進貢供品給牠。

在兩姊弟的故鄉──銀狼族居住的村落時也發生過同樣的狀況，不過這裡人比較多。

很可能會以王狼館為中心引發混亂，因此之後好像要跟鎮上的管理階級合作，決定對待北斗的方式，還會試著放消息，讓北斗跟我們的關係傳出去。

為此他才建議北斗最好不要外出走動。

「最壞的情況兩天就會穩定下來，請各位忍耐一下。視情況而定，我們也考慮找個地方供人欣賞北斗大人的尊容，到時還要麻煩各位了。」

老闆住宿費算得很便宜，因此北斗點頭答應，表示只要別太束縛牠就好。可是把北斗留在這邊也有點可憐，在我思考該如何是好時，大家有個提議。

「不然你也留在旅館？」

「對啊。大哥偶爾也可以好好休息。」

「最近發生那麼多事，你累了吧？公會的委託和街上的狀況交給我們確認，今天放個假如何？」

「天狼星少爺有資格用我們賺的錢自由生活。請您休息吧，不用客氣。」

「要我休息是可以，但我可不想被你們養。」

我的確想去街上觀光，也想賺點旅費，不過沒有急迫性。偶爾讓弟子們當我的導遊或許也不錯。

於是，我收下大家的好意，決定跟北斗一起留在旅館休息。

目送他們離開後，我回到別館……

「…………要做什麼呢？」

平常都要忙著陪弟子訓練或滿足他們的需求，像今天這樣……突然冒出一天假日可用，還真不知道要做什麼。

跟北斗玩也可以，可是陪現在的牠玩會消耗不少體力，感覺稱不上休息。而且北斗現在光待在我附近就很滿足的樣子，或許是因為昨晚我仔細幫牠梳了一次毛。

我邊煩惱邊坐到沙發上，摸著趴在旁邊的北斗想了一會兒，結果……

「……嗯，湯頭不錯。」

跑去做菜了。

仔細一想，最近都沒有做費工的料理，因此我今天想來做仔細燉煮入味的奶油燉菜。我在於不遠處待命的北斗的注視下，攪拌快要煮好的燉菜，喃喃自語。

「天氣冷果然就是要吃燉菜。我做了很多，他們回來應該會很高興吧。」

「嗷！」

我拿起調味料，準備做最後的調味，忽然發現一件事。

大家在外面賺錢的期間，我則在家裡邊煮菜邊等他們回來……這個狀況簡直像家庭主夫，不如說像母親……

「不不不，不是吧。我只是基於興趣在做菜，不是他們的媽。對吧？北斗。」

「嗷！」

「為什麼不看我？真是……嗯，味道有點重。大家很會吃，要控制鹽分才行。」

「嗷！」

總覺得北斗在吐槽，可是我想專心調整味道，便決定不去在意。

調味完畢後，我想再試一次味道，感覺到外面有可疑的氣息。

「嗷！」

北斗在我行動前就站起來，幫忙確認外面的情況。

如果是旅館員工，這股氣息太奇怪了，盜賊的話又完全沒有隱藏氣息。而且感覺不到殺氣，是想來看北斗的獸人嗎？

算了，不管怎樣都有北斗幫我去看，不會有問題。

當我開始煩惱要不要再做一道菜……

「嗷！」

「嗚哇!?」

北斗在外面叫了一聲，同時傳來小孩子的驚呼。

雖然不會有危險，為求保險起見，我還是把鍋子的火關了，這時……

「嗷嗚……」

「所以……你撿了什麼東西回來？」

北斗叼著一名長著虎耳及虎尾的少女回來。

從外表看來，大概八歲左右吧？是個擁有一頭參雜白黑兩色的獨特短髮的可愛少女，便於行動的衣服被樹葉及泥土弄髒，特別引人注目。

她看起來挺皮的，現在卻異常安分，可能是因為北斗叼著她的衣領。

這狀態看起來像母貓叼著小貓，實在很溫馨，不過總不能一直看下去。

「先說聲……初次見面？我叫天狼星，妳是誰？」

「………」

面對我的問題，少女只是尷尬地移開視線。彷彿惡作劇被發現，拚命試圖掩飾的孩子，雷烏斯和諾艾兒以前也常常這樣。

她身上沒有攜帶疑似武器的東西，應該不會有危險，但既然北斗抓住了她，代表她有什麼可疑之舉吧。

我心想「什麼都可以，拜託說句話吧」，等待她開口，少女的肚子忽然發出響亮的咕嚕聲。

「……我做了燉菜，要吃嗎？」

「!?」

聽見這句話，少女豎起耳朵及尾巴，但她立刻搖頭，摀住耳朵不肯聽我說話。拚命忍耐的模樣很符合這個年紀，挺可愛的，不過看到她這麼餓，我可不忍心坐視不管。

我決定先觀察看看，命令北斗把她放到地上，結果少女不僅沒逃，還往我這邊走過來。

在我佩服她的膽量的同時，發現少女的舉動怪怪的。

「小妹妹，妳來這邊做什麼？找我有什麼事嗎？」

「……百狼大人。」

「嗷？」

「我只是來見百狼大人的，跟大哥哥你沒關係。」

她終於開口了，嘴巴卻癟成「ㄟ」字形，一直瞪著我，彷彿在表示跟我無話可說。

「或許妳沒必要向我說明，但不巧的是，這位百狼大人是我的夥伴兼從魔，妳有事找牠的話，我也有義務知道。」

「騙人！百狼大人是神的使者，怎麼可能當別人的從魔！」

「事實就是如此……對不對？」

「嗷！」

「咦!?」

我和北斗面面相覷歪過頭的畫面，令少女受到震撼，張大嘴巴僵在原地。破壞她的夢想我很抱歉，可是北斗不停撒嬌要我摸牠，已經無法挽回了。

從少女的反應來看，她好像聽不懂北斗的話。果然只有狼和犬族獸人聽得懂嗎？

「那我換個問題。妳見到百狼大人想做什麼？」

「……我想摸牠。」

她因為現實而大受打擊，可惜還是輸給了好奇心。

少女伸手想摸在我旁邊待命的北斗，北斗卻側身閃過。

「……咦？」

「……嗷。」

少女再度伸手，北斗動了一步躲開。

「唉唷！討厭！為什麼要躲！」

「牠說不想被不但沒打招呼，連自我介紹都沒做的人摸。而且妳不覺得未經許可就摸人家，不管對象是誰都很失禮嗎？」

「唔!?」

她年紀雖小，應該受過良好的教育。

少女乖乖聽從我的建議，遠離北斗後緩緩一鞠躬。

「初次見面，我叫梅雅……百狼大人，請問我可以摸您嗎？」

「嗷！」

「牠說可以。」

在我說話的同時，北斗將右前腳伸向梅雅，少女興奮地撫摸牠的前腳。

「哇……終於碰到百狼大人了。」

「嗷！」

「牠問妳還有什麼事。」

「那我可以抱你嗎？」

「嗷！」

即使語言不通，北斗挺起胸膛的模樣彷彿在叫她放馬過來，梅雅便整個人撲到牠身上。

看她這麼開心，這名少女似乎真的只是來看北斗的。

話雖如此，她的行為依然屬於違法入侵，不過對這麼興奮的孩子如此無情也很可憐。反正我沒有其他行程，先讓她待在這邊好了。

梅雅大概是在跟北斗玩的期間解除戒心了，開始掛在北斗的尾巴上玩，我暫時離開，端著煮好的燉菜回來。

順帶一提，這盤燉菜不是給梅雅的，是我自己要吃的。因為我只有試吃過一些，還沒吃午餐，可能是因為我煮菜煮得太專心了。

我走到附近的桌子，將熱騰騰的燉菜放到桌上……

「…………」

「……妳也要吃嗎？」

「!?不、不是啦！」

呼……果然來了。

看到梅雅走過來盯著燉菜看，我在內心竊笑。她是有那個毅力拒絕我的邀請，可惜還是抵擋不住飢餓這個本能。

雖然有種害梅雅走歪的感覺，我個人無法放著餓肚子的小孩不管。那點小事等吃飽後再想就行。

可是她這麼堅決推辭，也挺讓人在意的。是多虧她受過良好的教育，還是有其他理由？

該不會……她在擔心我下毒？

當我準備舉起湯匙吃給她看時，發現某樣東西，因而停止動作。

「……北斗，好好招待人家。」

「嗷！」

北斗接獲我的命令，從玄關衝出去，外面接著傳來巨響。

突如其來的狀況令梅雅歪過頭，北斗叼著一名有松鼠耳朵和尾巴的女性獸人回來。跟梅雅那時候一模一樣。

「難道是……格蕾特!?妳跟過來了？」

「……嗯，對不起。」

北斗將松鼠獸人放到我面前，是個擁有容易吸引男性目光的豐滿身軀，年紀約二十歲的女性。

她瞇著眼睛，一臉睡眼惺忪的模樣，所以完全感覺不到霸氣，但從她隱藏氣息的方式和面對北斗還有辦法稍微抵抗這一點來看，這人應該非常強。而且據我推測，她跟那種不是站在陽光下，而是暗中活動的人有同樣的氣味。

梅雅發現北斗把這位女性帶過來，叫著松鼠獸人的名字跑到她身邊。

「還好嗎？我聽見好大的聲音……」

「沒事。百狼大人很強，我什麼都沒做就被抓住了。」

「啊……妳們認識嗎？」

「是的。我叫格蕾特，是梅雅莉大人的——」

「叫我梅雅！」

「……梅雅大人的護衛。」

原來少女的本名叫梅雅莉，我看還是假裝沒聽見吧。不過光看她有隨身護衛，應該可以確定梅雅是身分高貴的人。

雖然格蕾特的氣質及語氣有點獨特，她或許會願意為我解答我從梅雅身上感覺到的異樣感是什麼。

我如此決定，叫兩人坐到我對面，坐好後試著跟她們對話。

「我就不問妳們的真實身分了，至少可以跟我說明一下為什麼要來這裡吧？」

「……可以呀。梅雅大人昨天就在說想看在這座城市蔚為話題的百狼大人，擅自外出。明明大家都跟她說不行了……」

「因為我想看嘛！」

「梅雅大人很會躲，每次都讓人一個頭兩個大。所以我努力找她，好不容易找到人……結果被百狼大人抓住了。」

「我該說什麼呢……抱歉。」

「不會。本來就是梅雅大人偷跑出去不好。」

「這……對不起。」

這兩個人比起主僕更像姊妹，明顯看得出她們互相信賴。光是在旁邊看，就讓人覺得心中流過一股暖流。

我正準備繼續提問，發現格蕾特的視線落在桌上的燉菜上，同時跟梅雅一樣肚子叫了起來。

「……要不要吃？」

「可以嗎？」

「嗯，我煮了很多。是說我也有問梅雅小姐要不要，她堅持不吃。有什麼原因嗎？」

「梅雅大人……要先有人為她試毒才吃得下東西。」

「果然。」

這理由不出所料，但未免太固執了。

要過問這些為時尚早，現在先請她們吃盤燉菜，培養感情吧。

「妳不介意的話，愛吃多少就吃多少。我沒辦法放著餓肚子的人不管。」

「那我不客氣了。」

跟梅雅不同，格蕾特毫不猶豫拿起湯匙。

第一口她吃得很慢，第二口則開始加速手的動作，不知不覺就埋頭猛吃起來。

我對這次的燉菜頗有自信，她吃得這麼開心，我也很高興。

格蕾特轉眼間就吃完燉菜，閉著眼睛沉浸在餘韻中，放下盤子。

「……滿足！」

「妳怎麼吃完了！」

「為了以防萬一，我要試毒到最後。嗯，沒有下毒。」

「嗚嗚……看起來好好吃。我忍得那麼辛苦……」

「燉菜還有剩，不要吵架。」

梅雅眼泛淚光，像個鬧彆扭的小孩不停捶格蕾特，對於心滿意足的格蕾特卻沒有效果。我在梅雅真的哭出來前幫她盛了盤新的燉菜，她兩眼發光，手伸向盤子……

「好燙!?」

「嘿，別急。湯匙給妳。」

她的手指不小心泡到燉菜裡，差點燙傷。

看見梅雅從格蕾特手中接過湯匙，我發現從她身上感覺到的異樣感是什麼了。

「哇……不只肉，蔬菜也好好吃！」

「放涼後再加熱一遍，會更好吃喔。」

不過她現在好像在專心吃東西，之後再問吧。

我因少女的笑容感到滿足，幫自己也盛了一盤。

之後，吃完第二盤燉菜的梅雅靠在椅背上，耳朵微微抖動。

或許是燉菜幫我們拉近了一些距離，我跟她的關係進展到可以叫她名字的地步。

「好好吃！」

「招待不周，請多包涵。」

吃完燉菜，看起來有點熱的梅雅，正在讓格蕾特用魔法幫她吹風。

飯也吃完了，只需要送兩人回去即可，北斗卻用肉球碰觸我的肩膀，因此我決定稍微問一下。

「梅雅，我有點事想問妳，可以嗎？」

「嗯，什麼事？」

「難道妳看不清楚？」

見面時感覺到的異樣感就是那個。

起初是眼球及瞳孔的動作，再加上把手指插進燉菜、接過湯匙時的動作，明顯跟一般人不同。

她說不定不希望人過問，這也不是外人能隨便介入的問題，但我實在很好奇，才會試著問問看。

我也已經做好會惹她生氣的覺悟，梅雅沉思片刻，點頭說道：

「……嗯，對呀。」

「梅雅大人，可以告訴他嗎？」

「大哥哥很溫柔，而且他是百狼大人的夥伴，不會有問題啦。」

「很高興妳願意相信我。我順便問一下，方便跟我說妳視力有多差嗎？」

「我想想喔，站在這邊還是幾乎看不見你的臉。」

不是完全看不到的意思。

但她的視力差到就算只隔了伸手即可觸及的距離，仍然只看得出整體的形狀及顏色。

「我不知道妳住哪裡，不過虧妳在這種狀態下還有辦法來到這邊。」

「不難呀，有鼻子跟耳朵。」

「對妳來說不難，我可是累得要命。妳一直害人操心，我們很困擾的。」

「這、這次沒關係吧！我見到百狼大人了，還吃到燉菜！」

「嗯，是很好。偶爾也會發生一些好事呢。」

我將視線從聊得有說有笑的兩人身上移開，和北斗四目相交，默默點頭。

嗯，我知道你想說什麼。因為她抱住你時說的話，我也有聽見。

『希望我的眼睛……能治好。』

這座城市好像有個傳聞，碰觸百狼說出願望就會實現……是我從因看見北斗而引起騷動的獸人們口中聽說的。實際上，昨天我就看過好幾次大人急忙阻止天真的小孩衝出來摸北斗。

恐怕是出於百狼的神祕性及對百狼的敬畏，讓不能隨便碰牠的傳聞變質成這樣。所謂的傳聞就是這種東西，類似俗稱的都市傳說吧。

也就是說，出現在我面前的少女──梅雅，是相信這個傳聞才跑過來的。北斗剛才應該是想對我說「你有辦法治好她吧」。牠對姊弟倆這種後輩和敵人很嚴格，對小孩子倒是挺溫柔的。

那麼，關於梅雅的視力，我雖然無法徹底治好她，搞不好能為她做點什麼。完全看不見的失明有困難，稍微看得見的話倒還有辦法。

「方便借我一些時間嗎？妳的眼睛說不定有辦法看得清楚一點。」

「真的嗎!?」

「梅雅大人，冷靜點。你也別亂說話。」

「別看我這樣，我治好過某個國家的公主。所以一次就好，可不可以讓我看看妳的眼睛？」

「嗷！」

「……麻煩了。」

突如其來的要求導致她們心生戒備，不過梅雅最後點頭答應了，推測是北斗這一吼推了她一把。

不過要幫梅雅診斷的話，我就必須直接碰觸她。我向兩人說明這一點，格蕾特瞇起眼睛，面有難色。

「不行。我不能允許你碰梅雅大人。」

「大哥哥的話沒問題啦。他是百狼大人的夥伴耶？」

「…………我明白了。如果你敢對梅雅大人做什麼，我絕不饒你。」

要是梅雅有個萬一，即使她知道自己敵不過北斗，也會不惜跟我同歸於盡吧。

我在釋放殺氣的格蕾特的注視下，碰觸梅雅的頭部發動「掃描」，結果……

「這樣應該治得好。努力一下就能看到附近的東西了。」

「要吃很苦的藥嗎？」

「需要的是自己的魔力，不必吃藥。我想現在就實際操作一遍，可是眼睛周圍說不定會變熱，有一點點痛。妳願意讓我試試看嗎？」

「嗯……我會忍耐。」

「好乖。我會盡量不弄痛妳，受不了的話隨時可以喊停。」

「好！」

我們才認識沒多久，梅雅卻乖乖點頭，聽從我的指示閉上眼睛。

我將手掌貼在梅雅的額頭上測量溫度，慎重地開始注入魔力。刺激梅雅自身的魔力，發動提高體能的「增幅」。

為了讓弟子學會「增幅」這個複雜的魔法，我這樣教導他們很多次，所以雖然會覺得熱和痛，我可不會犯下害人留下後遺症這種失誤。

「哇……大哥哥說得沒錯，眼睛熱熱的，不如說有點刺刺的。」

「久違的感覺嚇到眼睛了。妳慢慢張開眼睛看看。」

「啊…………看見了。看見了！」

只要將意識集中在眼睛上，發動強化身體的魔法「增幅」，即可強化視力。能將視力提升到用不著望遠鏡之類的東西，也能看清遠方。

意即藉由強化梅雅的視力，將她等同於零的視力提升到正常值。太遠的地方應該沒辦法，不過照理說，這樣就能讓她的日常生活不會受到影響。

梅雅睜開眼睛，揮動雙手表現喜悅，大概是原本模糊的視線變清晰了。

「好厲害好厲害！格蕾特的耳朵也看得很清楚！」

「真的嗎？梅雅大人，這是幾根手指？」

「三根……我看到變成四根了。好棒，治好了！」

「不，並沒有治好。證據就是……」

「治好了……咦!?」

我一停止注入魔力，「增幅」的效果當然跟著中斷，視力也恢復原樣。

我再度將魔力輸往不知所措的梅雅，讓她視力恢復後接著說明。

「現在只是因為我在注入魔力，讓妳眼睛變好。所以只要妳也學會用魔法，沒有我也能看得清清楚楚。」

「可是，我還沒用過魔法。而且魔法感覺好難學喔……」

「別因為覺得難就在嘗試過之前放棄。而且一想到努力就能讓眼睛變好，不會比較有幹勁嗎？」

「嗯，他說得沒錯。所以努力學魔法吧？」

「連格蕾特都這樣說……」

其實也可以用極細的「魔力線」直接干涉血管，幫她動手術，但那需要精密的操作，沒那麼簡單。再說，那種手術可不能在未經家人允許的情況下做。

所以我才會教她靠自己的努力增強視力的方式。

幸好格蕾特好像也贊成我的做法，我看再推她一把就行了。

「格蕾特會教我嗎？」

「要我教什麼都可以。」

「大哥哥也會教我嗎？」

「我很想，可是我是冒險者，應該沒辦法一直當妳的老師吧？」

「啊，對喔……」

看來她也知道冒險者的習慣，明白我不會在這座城市待太久。

儘管有點不負責任，魔法是個人感覺的問題。我已經實際讓她體驗過，剩下只能靠本人的努力及毅力不斷練習。

「所以記清楚剛才的感覺。魔法就是只要妳相信做得到，就一定做得到。」

「……嗯！」

不久前她還用看待親切的鄰居大哥哥的眼神看著我，現在則認真凝視我，宛如求知欲旺盛的學生。

面對如此坦率的孩子，我當然不會捨不得花時間在她身上，反覆將魔力注入她的體內，好讓她記住「增幅」的感覺。

過了幾小時，梅雅開始感到疲倦，兩人便踏上歸途，弟子們也剛好回到別館。

大胃王姊弟一進屋就聞到燉菜的味道，高興得笑出來，只有艾米莉亞面色凝重，環視屋內。

「……有女性的味道。而且有兩位。」

「果然被妳發現了。其實我做菜的時候有客人來……」

「其中一人似乎是少女，另一人則是成年女性的樣子。而且還是身材好到讓男性移不開目光的女性。」

「妳到底是哪來的鑑識組？」

雖說有一部分應該是基於女性的直覺，艾米莉亞對於靠近我的女性，會發揮超越百狼的偵測能力，真的很恐怖。

莉絲和菲亞聽了，對我投以「你帶娼婦回家嗎」的眼神，多虧北斗的證言，誤會很快就解除了。

不過大家還想聽更詳細的說明，因此我一面將燉菜端上桌，一面解釋梅雅和格蕾特的事。

「……然後，那個叫梅雅的女孩大致學會讓魔力流動，她們兩個就回去了。」

「原來如此。非常抱歉，引起一場騷動。」

「對、對不起。我不是不相信天狼星前輩，但還是會擔心。」

「因為從女性的角度來看，會覺得很不甘心嘛。話說回來，你的『增幅』有那麼好學嗎？我記得我學得很辛苦。」

「菲亞是因為知道一般的『增幅』才會那麼費力。而且我教她的不是強化全身，只有眼睛而已，照理說不會難到哪去。」

幸運的是，那孩子不知道其他版本的「增幅」，剩下只要回想起身體記住的感覺，反覆練習就夠了吧。

其實我很想再花幾天教她，可是她們倆不但不想再跟我見面，直到最後都沒表明自己的真實身分。意即她們是非得隱瞞身分的人。

不能教到最後固然遺憾，我也是心血來潮才跑去教人的，既然對方沒那個意願，我也沒必要積極干預。

說明完畢時，晚餐也準備好了，我們便坐到桌前開始用餐。

就算得照顧梅雅，時間還是相當充裕，因此我做了一桌有如小型宴會的料理，大家看起來也很開心。

「喔喔……大哥今天做的菜特別不一樣！」

「沙拉的淋醬也換了呢。這個也好好吃。」

「請再給我一碗。」

「儘管吃。菲亞還有這個。」

「呵呵，你很瞭解我嘛。一起喝吧。」

弟子們紛紛將手伸向餐點，我跟菲亞則用儲藏在地下的紅酒乾杯。

順帶一提，我平常就會喝酒，兩姊弟和莉絲則不會主動去碰。艾米莉亞酒量不好，雷烏斯不懂品酒。

比起喝酒，他更喜歡吃東西吧。

莉絲的情況有點特殊，不知為何，她喝再多都不會醉。對莉絲來說酒等於是味道有點奇怪的果汁，所以不叫她一起喝的話，她會專注在食物上。

這樣一來，會喝酒的必然只有我和菲亞，我們在微醺的狀態下結束晚餐時間。

餐後，我喝著艾米莉亞泡的紅茶，詢問弟子們公會的狀況。

「嗯……我揍了幾個冒險者，就這樣吧？」

「跟平常一樣呢。」

從客觀角度來看，艾米莉亞、莉絲、菲亞統統是大美人。想接近她們，跟她們打好關係的人不計其數。

如果那些人得知她們已經有戀人，乖乖回去倒還好，很多時候他們會來找我跟雷烏斯的碴。遇到這種情況，通常是釋放殺氣趕走對方，或是雷烏斯靠拳頭讓他們閉嘴。

「不過在這座城市，艾米莉亞比菲亞小姐更容易被搭訕呢。」

「還有人說要把所有的財產獻給她，聽到這種告白，連我都不好意思了。艾米莉亞當然統統直接拒絕了啦。」

「很高興那些人對我有好感，但我對天狼星少爺以外的異性沒有興趣。」

「還有一堆人誤以為我是姊姊的戀人，找我決鬥咧。」

「辛苦了，雷烏斯。」

「嘿嘿，大哥不在的時候，得由我保護姊姊她們才行！」

我誇了幾句依然忠心耿耿的兩姊弟，詢問公會的狀況，不愧是大城市，委託的數量也很多。

然而我們是第一次來到這座城市，因此他們並沒有分頭接委託，而是一直集體行動。

「今天你不在，所以我們沒接要出城的委託。還順便大致掌握城內的構造了。」

「天狼星少爺，這是今天的收入。」

艾米莉亞交給我的袋子裡，裝著數枚銀幣和銅幣。

一天能賺到這些應該已經很夠，但還不足以供我們繼續旅行。因為成員有五人加一隻，恩格爾係數比一般的冒險者團隊還高。

「嗯，我會好好收著。大家都把自己的份拿走了嗎？」

「是的，各一枚銀幣，剩下的都交給您。」

「好。按照慣例，需要什麼直接跟我說就好。」

把錢收好後，我拿出一個特大蛋糕當飯後甜點分切。

弟子們興奮地大吃特吃，艾米莉亞吃完一半自己的蛋糕時，忽然停下動作，手放在唇邊，似乎想到了什麼。

「怎麼了嗎？艾米莉亞，不夠的話要不要我的也給妳？」

「我也要！」

「還有我！」

艾米莉亞大概是在我幫大胃王姊弟切蛋糕放在盤子上時，整理好了思緒，看著我開口。

「天狼星少爺，想跟您確認一下，來到這裡的少女叫梅雅對吧？」

「怎麼聽都是假名就是了。妳有頭緒嗎？」

「是的。我不清楚是不是本人，但我在城裡收集情報時聽說過，統治這座城市的獸王有兩個小孩，女兒叫梅雅莉。」

「也就是說，那孩子是王族的女兒？」

「獸王的女兒是虎族，年齡約八歲。我認為可能性很高。」

的確，她身旁有護衛在，梅雅也有點王族的氣質。

不過王族的公主只有一名護衛很奇怪，她在近乎失明的狀態下來到街上，也太有行動力了。

我很想否定艾米莉亞的推測，但從這個角度來看，很多事就說得過去也是事實。

好吧……就算人家真的是王女，我們已經約好今天的事是彼此之間的祕密，再說我又不打算加害她。至少不會說我犯了不敬罪，要處罰我吧。

我正準備吃掉剩下的蛋糕，以驅散不祥的預感，發現艾米莉亞搖著尾巴凝視我。

「天狼星少爺……」

「……怎麼了？」

「您剛才不是說要分我蛋糕嗎？請餵我一口。」

艾米莉亞像雛鳥似的張開嘴巴，我苦笑著將蛋糕送進她口中。

「不好意思，這麼早前來打擾。城裡寄了這封信給天狼星先生。」

隔天……早起的我們享用早餐時，王狼館的老闆拿著一封信過來。

從那裝飾豪華的信封，以及老闆緊張的模樣看來，好像是相當有地位的人。

「是獸王陛下的親信之一，馬克達特大人寫給您的。」

城裡的大人物之一……嗎？

聽見寄信人，我頭實在很痛，不過說不定對方是想跟百狼北斗見面。

我懷著一絲希望看完那封信，嘆息出聲。

「上面寫了什麼？」

「城裡的人想知道大哥的英勇事蹟嗎？」

「不對。該說不出所料吧，他們好像想跟我道謝。」

根據信上的內容，寄信人馬克達特似乎是獸王之女梅雅莉的老師。

上面寫了一長串「昨天公主受您照顧了」之類的謝詞，因此我得知昨天的少女無疑是這個國家的公主。

雖說我們約好要保密，如果她的護衛格蕾特被家人或上司逼問，總不能不說吧。被發現也是理所當然。

話說回來，我們基本上是挺高調的沒錯，但為何總是會跟王族扯上關係？我並不排斥，只是覺得有點無法釋然。

我在內心抱怨，將信遞給其他人看，一邊說明詳情。

「對方想邀請我到城內，直接跟我道謝和給我報酬。也就是說，這封信等同於招待信。」

「好耶，大哥。趕快準備吧！」

「很可惜，受到招待的只有我。而且他們希望我到城堡時不要引人注目。」

好像是因為不想讓市民知道他們讓一國的公主擅自跑到街上。所以這次的邀約是私人邀請，希望我盡量獨自前往。

也有可能是用來陷害我的陷阱，可是我不記得有惹到他們。

能拿到報酬的話，應該可以去一下。當然會做好最低限度的警戒。

「可是信上叫天狼星前輩今天就去耶，好突然的招待信。」

「人家也有自己的安排吧。這麼難得的機會，我也好想去城裡參觀喔。」

「要進城就得穿正裝了。我立刻去拿衣服。」

艾米莉亞為我準備好乾淨的衣服、梳子及熱毛巾，我迅速著手整理儀容。正裝的話，應該要穿繡著艾琉席恩國徽的披風，不過這樣可能會被當成外國的使者，只好作罷。因為萬一我不小心觸怒對方，會影響艾琉席恩的國譽。

我一邊回想應對王族的禮節，一面換好衣服，這時保養好劍的雷烏斯提議：

「欸，雖然他們只有邀請大哥一個人，北斗先生應該也能跟去吧？」

「對呀。發生什麼事天狼星前輩大概都有辦法處理，不過跟北斗在一起會比較放心。」

「不，該由我這個一號隨從跟去！因為主人與隨從是生命共同體。」

「嗷！」

艾米莉亞和北斗逮到這個好機會，積極地表示要一起去，可惜我不能允許他們同行。

艾米莉亞在這座城市被男性搭訕了好幾次，北斗的存在感自不用說。

而且整座城市的情報管理還沒做好，所以王狼館的老闆希望我們過一段時間再讓北斗外出。

「但、但我只要用斗篷和兜帽遮住身體……」

「我想妳的魅力不是那種東西就藏得住的。」

這不是在說情話，是事實。

因為獸人經常被人族感覺不到的氣味或波長吸引，而不只是外表。不管她再怎麼用衣服遮住身體，都會自然而然吸引異性吧。

「呵呵呵……我明白了。請您放心交給我看家。」

「嗷嗚……」

被我誇獎有魅力，艾米莉亞並不排斥，北斗則一副萬分遺憾的模樣乖乖放棄，害我放不下心，邊檢查裝備邊喃喃說道：

「想不到還沒逛過街，就要先去城裡參觀。」

「有什麼事請立刻呼喚我們。就算在城內，我們也會立刻趕到您身邊。」

「沒錯。再大的城門我都會直接砍成兩半！」

要是我有個萬一，這對姊弟八成會毫不猶豫直接殺進去。這樣可能會釀成國家規模的騷動，在城裡我得慎重行事才行。

「那我出發了。」

「路上小心。我在家等您回來。」

「「路上小心！」」

「嗷！」

就這樣，我在不停揮手的弟子們及北斗的目送下，偷偷摸摸前往亞比特雷城。

——　雷烏斯　——

送大哥離開後，我們直接在王狼館的別館休息。

因為大哥說昨天是他休息，今天換我們放假一天。

「呼……好久沒這麼悠閒了。艾米莉亞也別泡茶了，休息一下吧？」

「我不泡茶就覺得渾身不對勁。要不要再來一杯？」

「好呀。說實話我比較想喝紅酒就是了。」

「大白天的不能喝酒啦。請吃天狼星少爺做的點心忍耐一下。」

「嚼嚼……真好吃。」

姊姊她們坐在中庭的椅子上休息，可是我不動一下身體就靜不下來，便在不遠處做伏地挺身。

做一般的伏地挺身太無聊，於是我請北斗先生用前腳按住我的背。

「呼……呼……北斗先生，可以用力一點。」

「……嗷。」

「嗚!?等等……好重！」

「嗷！」

「遵、遵命！靠毅力！」

我不小心太得意忘形，北斗先生用比想像中更重的力道按下去。跟大哥一樣，絲毫不容大意。

練了一下肌肉，接著做完每天必備的空揮時，肚子開始餓了。

不知不覺快中午了，我正準備去問姊姊她們午餐打算怎麼處理，發現北斗先生瞪著中庭的一角，跟姊姊幾乎在同一時間大叫。

「!?雷烏斯！」

「喔！」

我和姊姊立刻進入備戰狀態，幸好用不著開打。

因為出現在我們面前的入侵者連武器都沒拿，光明正大地從中庭的樹蔭處走出來。

「……打擾了。」

對方是有著捲起來的粗尾巴，身材高䠷的成熟女性。

是在酒館喝酒的那些男人會喜歡的胸大女性，看起來一臉超想睡的樣子。而且我感覺不到敵意，至少她似乎沒打算找我們碴。

儘管如此，我還是持續戒備，重新握好劍柄，站在旁邊的姊姊伸手制止我：

「這副模樣……妳該不會是格蕾特小姐？」

「嗯。我是格蕾特。請多指教。」

「我叫艾米莉亞。請問妳找我們有什麼事嗎？」

「有點事想跟各位談談。所以請放下武器。」

跟大哥說的一樣，是語氣有點奇妙的人。

姊姊對我使了個眼色，於是我將劍尖朝向地面，不過這種類型的人很擅長隱藏殺氣，我得小心一點。

姊姊大概跟我有同樣的想法，以隨從的身分冷靜回答。

「……天狼星少爺現在不在家。若妳有話想告訴他，我們可以代為轉達。」

「我知道他不在。所以我才來告訴他的同伴。」

格蕾特小姐面無表情，說出衝擊性的事實。

「其實……受邀至城內作客的天狼星，因為傷害梅雅莉大人的嫌疑，被軟禁在房間裡。」

「「咦!?」」

明明聽得一清二楚，我們卻無法相信，愣了一段時間。

不……等一下。為什麼大哥被關起來了？

不如說大哥才不可能傷害那個叫梅雅莉的公主！

大哥之前才誇過她有點皮，卻是個認真向學的孩子。怎麼可能對她動手。

我好不容易克制住想立刻殺進城的衝動，正準備跟格蕾特小姐詢問詳情，發現身體在顫抖。

「可以請妳詳細說明一下原因嗎？」

「吼嚕嚕嚕嚕！」

果然，姊姊和北斗先生生氣了!?

姊姊不只尾巴的毛豎了起來，還開始釋放魔力，導致周圍的空間扭曲，散發出把我的怒火比下去的魄力。

連只是站在旁邊的我都忍不住發抖。本來在發呆的格蕾特小姐也開始冒冷汗，以會留下殘像的速度躲到背後的樹後面。

「啊啊真是的，你們冷靜點。把怒氣發洩在那孩子身上也沒用吧？」

「對呀。先聽人家解釋……好不好？」

菲亞姊輕拍姊姊的肩膀安撫她，莉絲姊則撫摸北斗先生的頭，讓牠冷靜下來。

「呼……格蕾特小姐，不好意思，我失態了。」

「嗷！」

「……沒關係。如果我聽說梅雅莉大人出了意外，絕對會生氣。」

我絕對沒那個膽量。

看到姊姊和北斗先生好不容易壓抑住怒火，格蕾特小姐提心吊膽地走回來。

可是姊姊還沒恢復冷靜，便由菲亞姊代替我們問話。

「妳特地來告訴我們跟城堡……跟國家中樞有關的情報，代表妳是同伴囉？」

「不。因為這是我自己的判斷，梅雅莉大人會難過，我才選擇這麼做的。」

「不是敵人就好。把妳知道的情報告訴我們吧。」

「可以呀。畢竟本來就是因為我把天狼星的事報告給馬克達特大人，才會害他被抓。」

格蕾特愧疚地低下頭，慢慢解釋起昨晚發生的事。

「昨晚，梅雅莉大人練習天狼星教她的魔法時太過認真，因為魔力枯竭的關係昏倒了。到了平常該起床的時間，她還是沒醒來……」

「魔力枯竭不是每個人練習魔法時都會遇到的情況嗎？聽說還有人第一次的時候睡了一整天，我可不覺得有必要軟禁天狼星。」

「我也是這麼說的。可是梅雅莉大人受到許多人的喜愛，大家都非常擔心，在城裡釀成一場大騷動。」

以大哥的個性，應該會仔細叮嚀梅雅莉剛開始不要太認真，看來梅雅莉還是練過頭了。她真的很高興自己的視力變好，所以這個結果或許可以說理所當然。

原因是出在梅雅莉身上沒錯，但我很能理解她的心情。我小時候也因為想快點變強，練得太拚，結果昏倒了好幾次，被大哥臭罵。

「梅雅莉大人的老師馬克達特大人，還沒教她關於魔法的知識。於是大家開始討

論到底是誰教的……在他們的逼問下，我只能據實以告。因為那是我的工作。」

「我懂妳想表達的意思。但因為這樣就軟禁人家……」

「那個……這話實在很難以啟齒，是因為有些人失控的緣故。」

那些人太擔心梅雅莉，認定是大哥害她昏迷不醒，所以擅自行動，才導致這個結果。

他們把大哥關進城裡的其中一間房間，想要審問他，格蕾特小姐的上司馬克達特阻止了那些人。

「但我覺得時間所剩無幾。因為太多人氣昏頭了，放著不管搞不好會有人對他動粗。」

「難道地位最高的獸王陛下也是？」

「那已經不是生不生氣的問題了。獸王陛下不肯離開昏迷不醒的梅雅莉大人身邊，大概連天狼星怎麼了都不知情。」

這種國王沒問題嗎？不對，代表他就是這麼擔心女兒。

「看來那位公主殿下，比我們想像中還受歡迎呢。」

「大哥才沒有錯！」

「嗯，我知道。我只是想說，到頭來就是公主太努力，加上其他人保護過度罷了。」

「天狼星前輩……不會有事吧？」

「他沒有主動聯絡，所以應該沒事，但我們最好也確認一下。天狼星，你聽得見嗎？天狼星？」

啊……對喔。都忘記就算隔了一段距離，我們還是有辦法跟大哥說話。

大哥給的頸鍊上有一顆魔石，透過刻在魔石上的魔法陣就能聯絡他。大哥被軟禁害我太著急，完全忘記這回事。姊姊一臉不甘，看來跟我一樣。

菲亞姊毫不掩飾地用魔石和大哥通話，不過大哥的原創魔法「傳訊」是只有我們知道的魔法，其他人照理說只會覺得那是靠風傳送聲音的魔法「風響」。

格蕾特見狀，搖頭阻止菲亞姊。

「妳該不會是在用魔法聯絡他吧？我想有困難。因為他被關進魔力難以穿透的房間，『風響』傳不過去的。」

「……似乎如此。」

不行，大哥沒回應。

這東西非常方便，缺點就在於大哥不回應的話，連他有沒有聽見我們的聲音都不知道。

「欸，妳來這邊通知我們這件事，代表有辦法解決對不對？」

「嗯。我想藉助百狼大人的力量，只要百狼大人開口，那些胡鬧分子也會乖一點。」

「真的沒問題嗎？你們本來就是因為不希望事情鬧大，才只招待天狼星一個人，北斗過去的話會引起騷動喔。你們的醜聞搞不好也會傳開。」

「考慮到梅雅莉大人醒來時看到這狀況會怎麼想，沒道理猶豫。」

崇拜的人被拘捕，任誰都會難過。這個人只是一心為梅雅莉著想吧。

總之我們要做的事決定了，之後只需要付諸行動。

「姊姊，趕快準備去城——姊姊？」

對喔，怎麼沒看見姊姊跟北斗先生？

我左顧右盼，很快就找到他們，姊姊和北斗先生面前停著原本寄放在旅館倉庫的馬車。

「北斗先生，準備好了。」

「嗷！」

「是的。既然他們打算這麼做，我們要做的只有光明正大地救出天狼星少爺。」

難道……她想直接殺進城裡!?

而且行李統統堆在馬車上了，大概是計畫救出大哥後，直接逃到城外。

我急忙衝出去，擋在準備出發的姊姊和北斗先生前面。

「姊姊，北斗先生，等一下！」

「雷烏斯，幹得好。以他們現在的狀況，可能會強行攻進城內，先冷靜下——」

「要攻城的話，讓我當先鋒吧！」

「不是吧!?怎麼連你都這樣！」

「聽我說話！如果你們不住手，小心我靠蠻力阻止你們！」

莉絲姊和菲亞姊用水淋了我們一頭，託她們的福，我和姊姊稍微冷靜下來了。

順帶一提，北斗先生躲過了，不過因為被人用魔法攻擊的關係，牠也安分了許多。

之後我們目送說要先回城準備的格蕾特離開，將馬車停回原本的地方，前往城堡。

然而……

「是百狼大人!?」

「喔喔，百狼大人！」

「感謝神明保佑……感謝神明保佑……」

才在街上走沒幾步，我們就被獸人團團圍住，動彈不得。

早上王狼館的老闆說還不能讓北斗先生到外面，沒想到會有這麼多人聚集過來。

「……嗷。」

「我們來到這座城市的第一天，還沒這麼多人吧？」

「我猜是因為當時北斗的消息還沒傳開。不管怎樣，看這情況八成得花一些時間才到得了城堡。」

路人一看到北斗先生就下跪、膜拜牠，擋住前面的路，害我們走沒幾步就得停下。

總不能動手趕人，感覺會被卡住一段時間。

我確認城堡的方向，正想拜託眼前這些獸人快點讓路，發現姊姊在凝聚魔力。

「麻煩你了，北斗先生。」

「嗷！」

她跟北斗先生四目相交，點頭，發動「風響」大喊：

『各位亞比特雷的市民，百狼大人……北斗大人必須趕往城堡。可否請各位幫忙讓開一條路，指引北斗大人呢？』

原來如此，這樣他們就會主動讓路了。

我還以為姊姊肯定是要用魔法轟飛他們。大哥真的有危險的話，姊姊八成會直接動手。

聽見姊姊的聲音，獸人們急忙開始移動，排得整整齊齊，讓出通往城堡的道路。

「好了，走吧。」

「嗷嗚嗚嗚——！」

最後，北斗先生叫了一聲跟他們道謝，獸人們感動得彷彿要當場哭出來。場面簡直像為我們慶祝的遊行。

我走在路上，發現最後面的莉絲姊看起來很不好意思。

「這樣好嗎……？」

「事到如今只能放棄。抬頭挺胸吧。」

「我明白，但我果然不太習慣這種場合。菲亞小姐不覺得不自在嗎？」

「我習慣引人注目了。而且……有人比我更大方。」

嗯？莉絲姊和菲亞姊看著我們苦笑，怎麼了嗎？

我和姊姊只是走在帶頭的北斗先生旁邊，沒什麼奇怪的吧。

「姊姊，可惜大哥不在。」

「對呀。如果天狼星少爺騎在北斗先生背上，會是十分美妙的畫面……真的很可惜。」

「嗷！」

「……連我都沒辦法表現得跟他們一樣自然。」

「把事情鬧得這麼大，希望之後不要被天狼星前輩罵。」

「哎，只能用情況緊急這一點讓他接受了。」

嗯……為什麼啊？

就這樣，我們在獸人居民的帶領下來到城門，站在擔任門衛的獸人們面前。

「百、百狼大人！請問您到城裡有什麼事？」

「非常抱歉，就算是百狼大人，也不能未經許可——」

「嗷！」

「嗚!?」

明顯不知所措的兩名門衛，是貓族和兔族獸人，所以聽不懂北斗先生的話。

即使如此，他們似乎還是看得出北斗先生在氣大哥被軟禁，嚇得耳朵及尾巴垂了下來。但他們並沒有逃跑，而是守在門前，我覺得很偉大。

姊姊向冷汗直冒、全身發抖的門衛踏出一步，緩緩一鞠躬。

「不好意思，驚擾到兩位了。我是百狼大人的隨從艾米莉亞。不介意的話，要不要我幫忙翻譯百狼大人說的話？」

「嗯、嗯……麻煩了。」

「好的。百狼大人說……今天早上，是不是有一位人族青年來到這裡？」

「是啊……確實有這號人物，他到底是誰？」

「他對百狼大人而言是非常重要的人，百狼大人有股不祥的預感，想把他接回去。可以放我們進城嗎？」

「……怎麼辦？」

兩名門衛面面相覷，猶豫不決，這時旁邊傳來拍打東西的聲音。

「如兩位所見，百狼大人現在極度憤怒。想平息百狼大人的怒火，除了讓牠見到那名青年外別無他法。」

往旁邊一看，北斗先生彷彿在表示自己心情不好，不停用尾巴拍打地面。石地板都裂開了，怎麼看都是在生氣。

「嗷！」

「視你們的態度而定，百狼大人似乎還考慮強行突破。以北斗大人前腳的威力，這種程度的城門一擊就能拍碎，建議兩位盡快決定。」

「「請、請稍待片刻！」」

門衛大概是想像到城門被輕易砸爛的畫面，臉色刷白，留下其中一個人回城內報告。

這段期間，我們默默在城門前等待，莉絲姊帶著複雜的表情嘀咕：

「欸，艾米莉亞，我覺得妳剛剛那樣根本是在威脅人家。」

「這是天狼星少爺教我的交涉術之一。實力有明顯差距時，態度強硬一點，談判時會比較順利。」

「嗯，大哥說雖然很簡單，使用時機卻不好判斷。不如說這次北斗先生幹勁十足，想阻止牠都沒辦法。」

留在這的門衛已經哭出來了，推測是因為他一直在承受北斗先生釋放的無言壓力。

我懂你的心情……我也有好幾次差點被北斗先生瞪哭，就為了訓練對殺氣的抵抗力。

經過對我們來說只有一下子、對門衛而言卻漫長得近乎永恆的時間，離開的門衛帶著另一個人回來。

「……久等了？」

旁邊的是在旅館跟我們分別的格蕾特小姐。

她之前明明說要偷偷幫忙，以免被其他人知道，為什麼會在這裡？

「格蕾特小姐？妳怎麼在這裡？」

「狀況有變。我帶你們去見他，在路上順便說明，跟我走。」

我們忍不住歪過頭，不過既然能進城，應該就沒問題了。

門衛也往旁邊讓開，表示可以通過，我們便跟在格蕾特小姐身後穿過城門。途中，北斗先生對門衛輕輕吠了一聲才走過去。

兩名門衛聽不懂跟剛才不同的平穩叫聲有何含意，面露疑惑，我幫忙翻譯了北斗先生說的話：

「面對我的殺氣，你們雖然屈服了，卻沒有離開門前，履行了自己的職責，值得驕傲……是這個意思。」

「啊啊……」

「百狼大人竟然如此抬愛……」

對對對，光是沒被北斗先生嚇跑，就已經很厲害囉？

這個國家背叛了溫柔的大哥，所以我有點不爽，不過知道還有這種有骨氣的人，心情稍微好了些。

「先跟你們說，天狼星被放出來了。」

為我們帶路的格蕾特小姐，告訴我們大哥的嫌疑消除了。

呼……那我就放心了。這樣說不定可以不用動粗。

不只是我，姊姊也鬆了口氣，北斗先生則搖起尾巴，看起來心情恢復了。

「梅雅莉大人好像在我剛剛去找你們的時候醒來了。她知道發生這種事，幫天狼星解開了誤會。」

「太好了。明明還是小孩子，梅雅莉講話好像挺有分量的。」

「嗯，因為大家都很喜歡梅雅莉大人。這座城堡裡最偉大的肯定不是獸王陛下，而是梅雅莉大人。」

平安獲釋的大哥，好像直接被帶到梅雅莉的房間陪她聊天。

梅雅莉是城裡的公主，所以房間也在城堡深處，我們穿過好幾條由全副武裝的獸人看守的走道及門扉，終於抵達目的地門前。

「梅雅莉大人和天狼星就在這間房間裡面，可是……其實發生了一點問題。」

「問題？她不是很歡迎大哥嗎？」

「嗯……另一種意義上的歡迎。你們看了就知道。」

格蕾特小姐留下一句意味深長的話，敲敲門，等裡面的人應門後，走進房一看……

「然後呀！雖然沒有大哥哥你幫我治療的時候那麼厲害，我的眼睛看得比較清楚了，連大家的臉都看得見！」

「妳很努力呢，了不起了不起。但我不是說過好幾次不可以太勉強嗎？大家都很擔心妳。」

「嗯！我會注意！」

「嗚……嗚嗚嗚……嗚喔喔喔喔……梅雅莉啊……為什麼——!?」

大哥臉上是跟幫我們梳毛時一樣的溫柔微笑，還有一位帶著天真笑容的少女。

旁邊有一名遠比我高大的獸人，正在邊哭邊釋放殺氣，神祕的景象使我忍不住歪過頭。

—— 天狼星 ——

「你的房間在這。不准隨便出來！」

將身上的武器交給士兵，拿著招待信前來的我……首先被帶到一間異常昏暗的小房間。

之所以那麼暗是因為窗戶一扇都沒開，從回音來判斷，牆壁應該也相當厚。再加上家具只有一張床，怎麼看都不像招待客人的房間。

儘管沒有遭到拘束，他們似乎不打算讓我離開這間房間，我現在可以說是被軟禁的狀態。明明是你們自己找我來的，好慘的待遇。

「這個國家的習俗，是把請來的客人關起來嗎？」

「你哪是客人！還不都是你害梅雅莉大人昏倒的！」

「……什麼意思？」

獸人勃然大怒，說梅雅——不，梅雅莉因為我的關係倒下了。

昨天我調查的時候，除了視力以外她非常健康，以現在的狀況來說，我只想得到魔力枯竭這個可能。

所以我才要她別太認真……這孩子真讓人頭痛。

「她是因為魔力枯竭才昏倒的吧？重度的話是很危險沒錯，但她只是第一次，睡一覺就——」

「梅雅莉大人是我們的寶物！敢傷害她的傢伙罪無可赦！」

魔力枯竭的話，人類會像斷電一樣自然失去意識，保護自己的身體，類似一種安全裝置。

如果是將魔力射出去的魔法也就算了，我教她的是讓魔力在體內循環的魔法，初學者梅雅莉的安全裝置肯定會啟動。

因此雖然每個人情況不同，只要睡一下應該就沒問題了——我如此說明，這人卻根本聽不進去。滿腦子只想著梅雅莉。獸人普遍頭腦簡單的缺點，似乎顯露出來了。

我使用「探查」調查周圍，想先確認狀況……

「怎麼回事？魔力……」

朝周圍釋放的魔力複雜地反射，浮現於腦海的雷達像被妨礙一樣，模糊不清。跟通訊機器的電波傳送不出去的情況類似。

原因……是這間房間嗎？我直接碰觸牆壁調查，獸人發現我的行動，不屑地笑了笑，對我說：

「想用魔法啊？可惜這間房間的牆壁是特製的，堅固又有魔法抗性。勸你最好別浪費力氣。」

既然是能阻隔魔力的牆壁，應該也沒辦法用同系統的「傳訊」聯絡外界。視方法而定，也不是不能把它破壞掉，但那是最後的手段。

「在決定怎麼處分你之前，給我安分點。可惡，要不是因為那位大人的命令，我早就痛扁你一頓了。」

他好像只是負責帶路的，碎碎念了一句後便留下我走出房間。

如果他敢對我動手，我會考慮反擊，不過他似乎因為其他人的命令，無法直接傷害我。

他們容易激動的特點也很明顯，但至少擁有會忠實聽從命令的堅定意志。

「那麼……該怎麼辦呢？」

我搞不清楚狀況，所以始終沒有抵抗，可是真沒想到對方會二話不說把我關起來。

我靠氣息偵測到門後有兩名看守，坐在屋內的椅子上整理手邊的情報。

第一個想到的是某人的陰謀，不過未免太隨便了。真的盯上我的話要把我關進牢房，而不是單純的軟禁。

而且從那些獸人的反應來看，他們的憤怒純粹是因為擔心梅雅莉。

也就是說，只要梅雅莉醒來說明事情緣由，就能解開誤會，乖乖待在這邊說不定就會放我出去。

然而，這樣也有個問題。弟子們如果知道我遇到這種事，兩姊弟和北斗搞不好會氣到殺進城內。

我想在太陽下山前通知弟子們一聲，以免事情愈鬧愈大，不過……

「在這等一下好了。」

我還只是被關在房間，沒有正式與他們為敵。

為了讓弟子們經歷現在這種我不在的狀況，繼續被關著試試看，或許也是一種選擇。就算誤會在弟子們來之前解開也無妨，最壞的情況，只要靠北斗的威望，大部分的問題應該都能解決。

雖然之後八成會被弟子們罵，我決定故意不採取行動。

我就這樣在房間裡悠哉度過，發現門外特別吵。看不見外面所以很難判斷時間，從我的生理時鐘來看，差不多過中午了吧。

我以為弟子們這麼快就來了，走近房門想聽外面的聲音，發現先有動作的似乎是他們。

『等、等等，梅雅莉！妳沒必要過去！』

『因為都是我害的。我要自己去接大哥哥，跟他道歉！』

『喔喔……多麼重情義，令人驕傲的女兒！妳變得這麼懂事，爸爸好高興！……

不對！他交給部下去接就好，妳才剛恢復，給我待在房間等！』

『不行！我要自己去！』

看來梅雅莉清醒後得知事情經過，跑來接我了。幸好那孩子不是生病。

我坐在椅子上乖乖等待，房門一開，走進房間的是面帶笑容的梅雅莉，以及身體比雷烏斯壯了一圈的男性獸人。

種族是擁有獅耳獅尾，以及威風的鬃毛的獅子族，外表卻跟其他獸人截然不同。身體比起人類更接近野獸，看起來像用兩隻腳走路的獅子。

根據剛才的對話，以及他的毛色和梅雅莉的耳朵及尾巴很像，推測是梅雅莉的父親。

意即這名獅子族壯漢……正是統治亞比特雷的獸王嗎？

覆蓋住整張臉的鬃毛，以及讓人聯想到身經百戰的戰士的強壯肌肉。

再加上那令敵人畏懼的威嚴，稱之為王再適合不過。

不過……

「啊，大哥哥！」

「喂、喂！不可以比我更早過去！」

跟梅雅莉說話時，他的威嚴就消失殆盡了。

讓我想到那個溺愛孫子的笨爺爺跟莉絲的父親……這位獸王或許也是同類。

我判斷必須慎重以對，繃緊神經，梅雅莉一看到我就展開雙臂衝過來，緊緊抱住我。

「妳、妳在做什麼!?你也是，快放開我女兒！」

「那個，聽說我害大哥哥被人欺負了。所以……對不起。」

「不是妳的錯！沒錯，全是因為這男人隨便——」

「為什麼要說這種話？我討厭欺負大哥哥的爸爸！」

「呃啊!?」

我用盡全力揍下去大概也無法擊倒的巨大身軀，因為女兒的一句話輕易癱軟在地，身為父親又是國王的他就處於這個狀態。梅雅莉是同伴的話確實可以解開誤會，現在的我卻在另一種意義上感覺到生命危險。

畢竟不只是他，在房外偷看的獸人看守也狠狠瞪著被梅雅莉抱住的我，彷彿要一槍把我殺掉。

「梅雅莉大人，用不著擔心，只是一點小誤會。我沒有被怎麼樣。」

「咦？可是，他們說大哥哥被關進這個房間……」

「只是因為我有可疑的舉動，他們在警戒罷了。況且梅雅莉大人昏倒，大家都很緊張，才會有點口誤……知道了嗎？」

「……是嗎？」

「對、對！妳昏倒了，爸爸有點混亂，事到如今又開不了口說這是一場誤會……抱歉。」

「唔……那就好，別再說謊囉。」

不愧是當國王的，獸王察覺到我的用意，配合我的說詞。儘管有一堆可疑的部分，梅雅莉似乎輕易相信了，大概是對家人不會想那麼多。

「剛才還有人告訴我，陛下已經同意讓我參觀城內。真是一位心胸寬廣的偉大國王。」

「嗯！爸爸很厲害的，雖然有時候有點奇怪！」

「呵、呵呵呵……這還用說。我可是偉大的爸爸！」

我當然沒向他提出過這種要求，不過他讓我遇到這種事，我便懷著一點報復的心態隨口說道。

如我所料，在女兒面前他不可能有辦法拒絕，親口答應了。之後就來盡情參觀城內吧。

獸王露出喜怒夾雜的表情，梅雅莉拽住我的手臂。

「欸欸欸，去我房間玩吧？我想多跟大哥哥聊聊天，還想為昨天的事跟你道謝。」

「不行——！萬萬不可，梅雅莉！怎麼能讓那種來歷不明的男人進妳房間！我立刻準備客房，他就待在那……」

「爸爸安靜點。我房間比較好！」

「呃啊!?」

梅雅莉這句痛擊令獸王再度遭到擊墜，跪在地上。

本來客房就夠了，但我也不想看見她天真無邪的笑容消失，就答應梅雅莉的提議吧。

「那可以請我喝杯紅茶嗎？其實我有點渴。」

「好呀！我馬上叫人準備！」

「等、等一下，梅雅莉！爸爸也要一起喝茶！絕對！」

我感受到獸王的殺氣從背後傳來，被梅雅莉拉著，招待到她房間。

前往梅雅莉房間的途中，我見到格蕾特，發現她不太對勁。

「梅雅莉大人!?妳可以起床了嗎？」

「嗯，沒事了。我才要問妳跑去哪裡了？大哥哥來我們這邊玩耶。」

「有點事要辦……」

她不肯跟我對上目光，彷彿做了什麼虧心事。

再加上昨天她說自己是梅雅莉的護衛，現在卻一看到我就逃也似的轉身離去。

格蕾特的背影害我有股不祥的預感，這時抓著我手臂的梅雅莉突然回過頭。

「梅雅莉大人，怎麼了嗎？」

「那個，我希望你像昨天那樣叫我梅雅。」

「這實在不妥，還請您見諒。」

因為昨天我還不清楚她的身分，現在則知道她貴為一國的公主。

況且獸王就在我旁邊，所以我明白地拒絕了，站在背後的獸王卻用要拍碎我肩膀的力道，把手放在我肩上。要不是因為我立刻發動「增幅」，可能會脫臼。

「他當然會答應囉……對吧？」

獸王面帶笑容，臉頰卻在抽搐，彷彿真的是情非得已。我們兩個身分差距懸殊，他卻允許我用暱稱叫梅雅莉，八成是因為他把女兒看得比什麼都還重要。

儘管非常難以啟齒，不乖乖叫的話我肩膀的骨頭可能會碎掉，看來沒有拒絕的餘地。

「……知道了。走吧，梅雅。」

「嗯！」

「唔……唔唔……只要是為了妳的笑容……爸爸我……嗚……」

……在另一種意義上好難叫出口。

之後，我們在於城裡工作的數名僕人迎接下，抵達梅雅的房間，坐在桌子前面等人泡茶。

等待僕人泡茶的期間，我和坐在對面的梅雅聊了許多關於訓練的事，不過因為獸王在她旁邊持續釋放殺氣，根本沒辦法靜下心來。

在講錯一句話就可能遭到攻擊的緊張感之中，我邊聽梅雅報告訓練成果邊應聲，接著敲門聲響起，格蕾特走進房間……

「梅雅莉大人，有妳……您的客人。」

「天狼星少爺！您平安無事嗎！」

「嗷！」

「大哥！」

「打、打擾了……」

「哎呀，你看起來過得比想像中還好嘛。」

不知為何，我的徒弟們也來了。

原來如此，格蕾特剛才態度不太自然，是因為她安排弟子們進城了。

我默默在心中慶幸兩姊弟跟北斗沒有挾帶要攻陷這座城堡的氣勢殺過來，艾米莉亞和北斗看到我沒事，立刻往我身上蹭。

莉絲和菲亞苦笑著跟在後面，可以推測她們費了一番心力，才制住姊弟倆和北斗。之後得問一下到底發生什麼事，好好慰勞她們。

「啊，是北斗大人！」

「莫非是昨天引起騷動的百狼大人!?還有這些人到底是……」

「獸王陛下，請聽我說……」

梅雅看見北斗，開心地跟牠打招呼，搞不清楚狀況的獸王卻進入備戰狀態，想保護梅雅。格蕾特繞到他身後，附在耳邊講了幾句話，獸王便瞪大眼睛看著我們。

「此話當真!?」

「是的。我想您看了就知道……」

看來格蕾特幫忙介紹了我們的來歷。

得知突如其來的事實，獸王對我們投以懷疑的目光，不過看到北斗往我胸口蹭，他也只能相信。

這段期間，弟子們跟我說明了外面的情況。

「如您所見，他們是受百狼大人認可之人，並且無償提供梅雅莉大人魔法的技術及餐點，沒道理與之為敵。」

「……把他的東西拿來。」

「遵命。」

獸王神情凝重地目送格蕾特默默走出房間，我想誤會應該徹底解開了。

本來想追究他們冤枉我的責任，不過對方並未拷問我，武器好像也會歸還，所以我不打算計較那麼多。不管怎樣，全看他們的態度。

他身為國王，應該不方便隨口向人道歉，梅雅也沒有要立刻釋放我的意思，再觀望一陣子吧。

人數增加後，房間感覺變得挺小的，不過不只北斗，梅雅對艾米莉亞他們也很好奇，心情非常好。

雙方自我介紹完後，她跟我們家的女性組聊得不亦樂乎，尤其是艾米莉亞。

「這樣呀，姊姊你們也跟大哥哥學了很多。」

「是的，天狼星少爺不只救了我們一命，還傳授我們許多知識。天狼星少爺的偉大無邊無際，經常是我們的目標——」

「慢著，艾米莉亞，妳是不是又想洗腦人家了？」

「我只是在陳述您有多麼偉大。」

「真的嗎？妳看著我和莉絲的眼睛再說一次。」

「我聽不太懂，但我知道大哥哥很厲害。」

我不禁為無論對方是誰，都是這個樣子的艾米莉亞苦笑，這時格蕾特拿著我的武器回來了。

「請收下。是這些沒錯吧？」

「嗯，一把都沒少。可是……真的可以把武器還我嗎？」

「我很明白你們不是敵人，獸王陛下也允許了，沒問題的。」

仔細一看，弟子們也帶著武器。

這樣未免太沒戒心了，但這或許是他們信任我們的證據。也有可能是百狼北斗的關係。

反正我本來就沒打算動手，他們沒意見的話就這樣吧。

「梅雅莉大人，我們準備了簡單的料理，要不要跟大家一起用餐呢？」

「啊，對喔，我還沒吃午餐。」

「都這個時間了。你們別客氣，一起吃吧。」

我的肚子像在表示飢餓般叫出聲來，大概是經她這麼一說，意識到自己餓了。我沒吃午餐，會餓也很正常。

梅雅醒來後好像也什麼都沒吃，我表示要跟她一起吃，城裡的人便端來一個大盤子放到桌上。

盤子裡擺滿大量的三明治及水果，全是可以單手拿著吃的輕食。

「已經下午了，所以我們準備了比較簡單的東西。不夠的話請儘管開口。」

「謝謝。那麼……」

表面上看起來沒用詭異的食材，北斗動了下鼻子後也只是默默坐在那邊，表示沒問題。更重要的是，獸王毫不介意地吃了起來，應該沒有下毒。

但這個分量，兩姊弟和莉絲吃不飽，晚餐得弄得豪華一點才行。我邊想邊吃著三明治，弟子們也跟在我後面開始吃飯。

「……嗯，梅雅莉大人，裡面沒下毒。」

「謝謝。」

梅雅果然只能吃由人試過毒的食物，吃我的燉菜時也是。

昨天也好，今天也罷，以王族來說是理所當然的景象……我卻覺得怪怪的。

因為城裡地位最高的獸王，沒人幫忙試毒就接連將食物送入口中。

我懷著疑惑吃完飯，品嘗飯後紅茶放鬆時，梅雅睡眼惺忪地打了個大哈欠。

吃完飯本來就容易想睡，再加上魔力枯竭造成的疲勞似乎仍未消散。

在這種狀態下為了幫助我而四處奔波，還跟弟子們聊得那麼開心，自然會想睡。

「梅雅莉，妳才剛恢復，再睡一下如何？」

「可是，大哥哥跟北斗大人……」

「交給我來招待就好。他們幫助了妳，我得請人家吃頓晚餐。」

儘管態度有點強硬，這句話是以一國之君的身分說的，而不是剛才的笨爸爸，所以我點頭答應。或許是因為知道我們不會立刻回去，放下心來了，梅雅乖乖躺到房間裡面的床上，確認她上床睡覺後，我們便和獸王一同離開房間。

走出房門的同時，獸王對我們投以銳利的目光，但他的眼神中感覺不到憤怒或憎恨。

「你叫天狼星……是吧。我想在那孩子聽不見的地方跟你聊聊，到我房間來。」

「我一個人嗎？」

「那些人對你而言是什麼樣的存在？」

「是我珍視的徒弟，也是我的家人。當然身為百狼的這傢伙也是我重要的家人。」

聽見我的回答，弟子們露出微笑，北斗則用鼻尖蹭我的胸口。

獸王看我被眾人圍繞著，嚴肅的神情放鬆下來，點點頭。

「家人嗎……那他們跟過來也無妨。因為這次的事件是我們有錯在先。」

獸王轉身邁步而出，我們跟在後頭。

他親自為我們帶路，我邊走邊觀察他的背影。

仔細一看，他真的很高大。不只外表，精神方面也包含在內，散發出與國王這個身分相應的氣勢，震懾住靠近他的人。

從見面時到現在，我只有看到他笨爸爸的那一面，現在卻深刻體會到他果然是背負整個國家的國王。雖然不實際交手過不知道，不過他的實力應該也不簡單。以雷烏斯目前的實力，恐怕很難勝過他。

獸王帶我們來到的房間裡，有組看起來是辦公用的豪華大桌椅，以及可以用來開會的長桌。姑且放了一張床，所以推測是臥室，但我覺得這已經是工作室了。

「這間房間同時也是我的書齋。你們隨便坐。」

獸王沒有坐在自己的桌子前面，而是和我們坐在一起，向在附近待命的隨從點了飲料後命令他離開。

等到房內只剩下我們幾個，獸王從椅子上站起來，深深低下頭。

「雖說是因為有誤會，我想先跟你道歉。天狼星啊，真的很對不起。」

從這個狀況來看，錯的是自作主張的家臣，他貴為國王卻親自對身為冒險者的我道歉，負起上位者的責任。我非常欣賞那乾脆的態度。

「不會，我擅自教她魔法也是原因之一。總之，幸好令嬡沒事。」

「是啊，真的太好了。昨晚那孩子突然倒下，天亮了還是沒醒來。在格蕾特告訴我們詳情前，大家都很擔心。」

「重要之人昏倒，會擔心很正常。不過這次的事……」

「我懂。得知你教她魔法後，我馬上推測出那孩子是魔力枯竭，但我實在無法保持冷靜。我也知道這聽起來只是藉口，不過家臣們看見我那麼緊張，又看見梅雅莉昏迷不醒，氣得失去理智，才會對你做出那種事。」

那些人似乎還想對我施暴，把我關進地牢，最後是少數冷靜的家臣出面阻止，我才只有被軟禁而已。

關於這一點獸王已經道過歉，我認為這樣就夠了，兩姊弟的怒氣卻尚未平息。

他們直接將自己的想法傳達給愧疚的獸王。

「獸王陛下，我知道這樣很失禮，不過請恕我直言。我明白您很重視梅雅莉大人，可是這樣會不會有點過度保護了？」

「對啊。我跟你說——不對，我跟您說，因為魔力枯竭而昏倒，是每個人都有過的經驗啦。」

他們不只是生氣，而是純粹為梅雅的將來擔心才這麼說，我也有同感。

儘管不至於到太晚的地步，到梅雅這個年紀，讓她做魔法和魔力方面的訓練並不奇怪。重點是身為一國的王女，應該要積極鍛鍊，以保護自身安全。

從其他人的反應來看，是可以用一句過度保護來帶過去，但我總覺得事情沒那麼簡單……

「嘿，你們兩個，該適可而止了。」

「對啊，每個人養小孩的方式都不一樣。」

「唔……對不起。」

「……無妨。你們會這樣想很正常。」

這實在不是今天才第一次見面的我們該干涉的問題。在我和菲亞的勸戒下，姊弟倆迅速道歉。本以為獸王會因為他們有點太踰矩，影響到心情，他卻只是無奈地搖頭。

好奇歸好奇，由於話題愈扯愈遠，我便提出問題好將話題拉回正軌。

「我接受陛下的道歉。可是，城裡還有對我有意見的人吧？」

「嗯，照理說還有人對你有所誤解。我得趕快調查誰有參與這起事件，將真相告訴他們。先叫那兩個把你關進那個房間的人跟你道歉吧。」

獸王叫來在門外待命的隨從，託他將剛才的對話傳達給城裡的人。

這樣這起事件就解決了。

「話說回來，天狼星。方才你說想參觀城內，你是真有此意？」

「若您允許，我想拜託您。我們是為了增廣見聞才在各地旅行，對城裡也很有興趣。」

「嗯，那麼我正式同意。我還答應女兒要跟你們一起吃晚餐，可不能讓你們太早回去。不過在那之前，可以多陪我聊幾句嗎？我想聽聽將百狼大人稱為家族的你們的故事。」

反正不趕時間，我接受獸王的提議，跟他閒聊了一會兒。

不只我們的冒險經歷，獸王還跟我們分享了亞比特雷國的歷史及他的英勇事蹟，挺有趣的。尤其是我們不知道的百狼傳說，相當有意思。

回過神時，太陽已經開始下山，睡完午覺的梅雅在我們聊到一半時加入。她才剛起床，臉色卻不錯，看來體力大致恢復了。

梅雅出現的同時，獸王散發出的王者威嚴……

「喔喔！梅雅莉，妳可以起床走動了嗎！」

「沒事了啦。對了爸爸，大家呢……在這！」

「怎麼樣？爸爸有好好招待人家喔！來，讓爸爸看看妳元氣十足的模樣！」

「爸爸，你讓開一下。北斗大人今天的毛也好軟喔！」

「……嗷。」

「唔喔喔喔──！」

瞬間消失殆盡。

獸王想擁抱衝進房間的女兒，梅雅卻輕易閃開，摟住北斗。梅雅黏我的時候獸王對我釋放了殺氣，然而這次的對象是百狼北斗，他只能露出難以言喻的表情。

這個國王真的是……一扯到女兒的事就會脫線。

「梅雅莉大人，這樣陛下未免太可憐了。」

「獸王陛下，我懂您的心情，不過在客人面前，請您記得維持形象。」

繼梅雅之後，格蕾特也來了，身旁是一名帶著溫和笑容的中年男子。

「初次見面。我是獸王陛下的親信兼梅雅莉大人的老師，馬克達特。以後請多多指教。」

聽說格蕾特有位直屬上司，好像就是這個人。

這名男子擅長處理政務，人稱國王的右臂。

外表沒有什麼明顯的特徵，感覺是個路上隨處可見的男人，不過他是人族這一點令人在意。畢竟城裡也都是獸人，人族頗有新鮮感的。

「我才要請你多多指教。我叫天狼星。」

「嗯，我聽格蕾特提過你。這次你在本國的城堡受到不當對待，我也想向你道歉。」

「這件事已經解決了，請別放在心上。」

聽見我的回答，馬克達特放心地點頭，接著跟弟子們也打了招呼。表面看來他並沒有用有色眼光看身為妖精的菲亞，也有正式問候北斗。

他看起來雖然有點沒氣勢，感覺是個有禮貌又溫柔的男性，應該挺好說話的。

然而，既然他是梅雅的老師，我必須跟他道歉。

「不過我也想跟你道歉，沒經過你這位老師的同意就教梅雅莉大人魔法。」

「不會不會，我從來沒看過梅雅莉大人這麼認真，你不需要道歉。」

我等於擅自改動了人家的教育方針，同為老師，我想盡量跟他維持良好關係，幸好他願意原——

「這次我可以睜一隻眼閉一隻眼，不過……請你別再亂教梅雅莉大人囉？」

……這個人果然也是同類嗎？

臉上帶著笑容，底下卻潛藏著對梅雅的痴迷，我不禁在內心嘆氣。

這時，獸王和他女兒……

「看——爸爸的尾巴也軟綿綿的喔？想不想摸摸看？」

「爸爸的尾巴是不錯，但北斗大人的比較軟。」

「噗呃!?」

「嗷嗚……」

抱歉，北斗。再陪她玩一下吧。

之後我的事情在城內傳開，解開誤會，參觀完城內時天已經黑了。順帶一提，在這起事件中自作主張的那些人一得知真相就跑來跟獸王道歉，還忽然在我面前下跪。

「真的非常抱歉！」

「我們什麼都願意做！」

「請您原諒！」

待在附近的北斗的氣勢或許也占了一部分原因，他們道歉成這樣，反而害我不太好意思。

「你們做了壞事嗎？不行啦。」

「歸根究柢，原因在於梅雅莉大人偷跑出去喔？」

「嗚……對不起。」

「「全是因為我們擅自行動。梅雅莉大人，請您原諒！」」

「道歉的對象錯了吧？」

雷烏斯說得沒錯，但他們敢於來到國王面前謝罪，勇氣可嘉。

這些人不是壞人，而且這幾位比我高大的獸人男性被梅雅念到真的哭出來，所以我明白告訴他們我已經不介意了。

之後，我們履行跟梅雅的約定，在城裡的餐廳吃晚餐。

可供數十人坐的大桌上，密密麻麻擺滿各式各樣的料理，其中也有我從來沒看過的菜色，實在令人好奇。

獸王叫我們不用管餐桌禮儀，我們便隨心所欲地開始用餐。

「麻煩再來一盤。這次要大盤的。」

「呼……紅酒的等級也截然不同呢。可以再給我兩、三瓶嗎？」

「大哥的菜比較好吃，但這個也不錯！」

「有活用素材的鮮味，非常美味。比不上天狼星少爺就是了。」

「不要在公共場合拿我做的菜跟其他人比！」

「哈哈哈，無妨。個人喜好不同，你們吃得開心就好。」

我為獸王大方的態度鬆了口氣，將手伸向一道道新奇的菜色。坐在獸王和格蕾特之間的梅雅似乎很高興能跟我們一起吃晚餐，滿臉笑容地吃著飯。

「梅雅莉大人，這道料理也沒問題。」

「嗯！那接下來我想吃這個。」

不過，她還是一樣得先讓其他人試毒，所以吃的速度有點慢。

獸王則跟剛才不一樣，尾巴變得莫名有光澤。恐怕是為了跟北斗比，特別整理過毛。

「我還想吃哥哥煮的燉菜。」

「呵呵呵……看來梅雅莉大人已經理解了。天狼星少爺做的菜才是最棒的！」

「嗯！那道燉菜超好吃的！」

「喔喔……梅雅莉露出那麼燦爛的笑容。天狼星啊，拜託你把做法傳授給我們的廚師！多少錢我都願意出！」

可惜梅雅似乎沒發現獸王的變化。

不過獸王也因為燉菜的話題忘記這件事，放著別管好了。

熱鬧愉快的晚餐時間持續著，等到料理幾乎吃得差不多的時候……趴在我附近的北斗忽然站起來。

「嗷！」

「……有東西在接近的樣子。」

「大哥！北斗先生叫我們小心！」

我馬上使用「探查」，偵測到以驚人速度靠近這邊的反應。

誤會已經解開，城裡應該沒有敵人，但北斗感應到的生物確實在接近這裡，所以我們默默加強警戒。

「難道……他們回來了嗎!?」

獸王也立刻發現了，他不僅驚慌失措，還愁眉苦臉地抱著頭。

接著，外面傳來激烈的腳步聲，在餐廳門前停下，撼動城堡的吶喊聲響徹四方。

「爸！梅雅莉沒事吧！」

一名與獸王有幾分相似的虎族青年踹破房門出現。

從外表跟氣質來看，推測是獸王的兒子。他神情凝重，喘得上氣不接下氣，大概是全速跑過來的。

「你怎麼在這？你不是還在山中修行嗎？」

「我有股不祥的預感，就趕回來了！然後聽說梅雅莉昏倒……梅雅莉！」

青年不停大吼，環視周遭，一看到梅雅莉兩眼便綻放光芒，這時……明明是室內，卻憑空吹來一陣風。

「喔喔，我心愛的妹妹啊！幸好妳沒──嗚咕!?」

青年在風吹過的同時倒下，一名身材高䠷的女性站在他後面。目光銳利又冷澈如冰的妙齡女子，種族看起來是擁有白色耳朵及尾巴的虎族獸人。

講白了點，是外貌不遜於菲亞的女性，我注意的卻不是這部分。

「……好快。」

雖說是因為我太過鬆懈，我完全看不見她進房的動作，等我發現時，青年已經倒在地上……

北斗也戒備起來，可見這名女性肯定很強。

全身上下毫無破綻，光站在那邊就散發出讓其他人卻步的壓力，無法擅自行動。跟剛劍萊奧爾有同樣的氣味。

突然有人闖入，導致眾人不知所措，女性銳利的視線落在梅雅身上。

被她這麼一看，梅雅彷彿被束縛住，僵在原地，不久後用顫抖著的聲音咕噥道：

「媽、媽媽……？」

本以為這起事件已經平安落幕，看來又引發了一場新的騷動。

我雖然還沒去街上逛過，倒是聽艾米莉亞和菲亞簡單介紹了這個國家。

住著許多獸人的亞比特雷，由獸王統治。

獸王是獅族的獸人，不但擁有不讓那身強壯的肌肉及巨大身軀蒙羞的實力，也擁有與國王之名相襯的廣闊胸襟。儘管對女兒有點溺愛過度，大家都很喜歡他的女兒，因此在這個國家僅僅是微不足道的問題。

我因為各種原因認識了獸王之女梅雅，除了她以外，獸王還有另一個小孩。

梅雅的哥哥奇斯。

奇斯是比我大兩歲的青年，跟梅雅一樣是虎族獸人，而非父親那樣的獅族。不過輪廓像父親，是野獸特徵較為明顯的虎族，挺有魄力的。

而梅雅與奇斯的母親，身為獸王之妻的女性……

「妳也擔心得回來了嗎，伊莎貝拉啊。」

是虎族獸人……伊莎貝拉。

身材纖細修長的她轉頭望向獸王，如雪般的白髮隨風飄揚。順帶一提，她的腳還踩在兒子背上。

「媽媽，可不可以把腳移開……」

「……」

她理所當然似的踩著兒子的背登場，似乎不是故意的。

聽見兒子的哀求，伊莎貝拉默默從他背上下來，看著梅雅一語不發。看來她是沉默寡言的類型。

剛登場就被母親踩在地上的奇斯，拍掉身上的灰塵指向我們，一副要重新來過的態度。

「爸，我聽城裡的人說了！那邊的人族冒險者偷教梅雅莉魔法，害她昏倒！」

「冷靜點，奇斯。那是場誤會，已經解決了。」

「是你對吧！聽說你把我妹害得很慘！」

奇斯聽都不聽父親的制止，瞪著我走過來，雷烏斯擋在中間阻止他。

「等等。你想對大哥做什麼？」

「無關的傢伙給我閉嘴。我絕對不會放過這個男人！」

「就是因為有關係我才阻止你。想對大哥出手，別以為你過得了我這關喔？」

他們倆站在一起後，我發現奇斯比雷烏斯高一點。從那身不輸給雷烏斯的肌肉來看，想必受過相當的訓練。

兩人持續互瞪，就在他們同時握緊拳頭時……

「雷烏斯，回來。」

「好！」

「就叫你冷靜點了！」

「嗚啊!?」

在這種地方打起來實在不妙，因此我的命令和獸王的拳頭，強制中斷了這場對決。

雖然不及伊莎貝拉，獸王的動作之快和拿捏力道的分寸，實在不簡單。

「好痛！老爸，你在幹麼啊！」

「我才要問你想做什麼！先聽我解釋。伊莎貝拉也是。」

「…………」

聽獸王這麼說，盯著女兒的伊莎貝拉也點頭同意，三人轉身背對我，開始共享情報。

梅雅被伊莎貝拉銳利的視線嚇得發抖，我家的女性組走過去關心她。

「梅雅莉，妳還好嗎？」

「……嗯。」

「那就是妳的母親呀。這話非常難以啟齒，不過……」

「嗯，她那麼漂亮，為什麼要這樣瞪人呢？」

「媽媽一直都是那種感覺。常常在瞪我。」

母親一出現，梅雅就變得異常安分，面對那銳利的目光及氣勢，會怕也很正常。

梅雅似乎怕母親怕到不行，明明是母女卻不常講話。

「……事情就是這樣。所以萬萬不可對人家失禮。」

「可是老爸，那個人害可愛的梅雅莉昏倒是事實啊？」

「我很明白你的心情。但我跟他們聊過後，覺得他們不是壞人，而且剛認識沒多久，梅雅莉就黏他們黏成那樣。更重要的是，你沒看見那邊那位大人嗎？」

「什麼東西……唔喔!?那、那隻巨大的狼是什麼！」

「……百狼大人？」

我強化聽覺，聽著獸王一家的對話，他們好像只顧著關心梅雅莉，沒注意到北斗的存在。

事到如今才發現北斗的奇斯大吃一驚，母親伊莎貝拉則面無表情。

「總之再惹出問題的話，會影響我國的名聲。別找他們的麻煩。」

「我不能接受！」

「嘖，不能接受什麼！」

「那幾個女的還可以，但人族和獸人男人不行！讓梅雅莉接近這個年紀的男性還太早了！」

不愧是笨爸爸的小孩，他也一樣溺愛自己的妹妹。

是小說裡常看見的那種妹妹只能跟自己認同的男人交往的情節嗎？看這情況，想跟他妹打好關係，難度非常……不，是難如登天吧。

不只梅雅，我開始擔心這位哥哥未來有沒有辦法結婚。

「這我也明白！可是梅雅莉那麼喜歡那些人，硬逼她離開他們只會傷到梅雅莉。你想看見那孩子的淚水嗎？」

「唔!?好吧，那我得暫時陪在她身邊保護她。」

「我之前也跟梅雅莉說過，她拒絕了，所以勸你不要。先跟人家好好打聲招──」

「……想交手。」

他們終於快要講完時，伊莎貝拉忽然開口。

她在我們面前第一次說話，沒想到一開口就這麼好戰，連獸王都難掩驚訝。

「伊莎貝拉!?妳認真的嗎？」

「……想跟他交手。」

「妳是在知道事情經過的前提下，還想跟他交手對吧？」

獸王並非以家人的身分，而是以國王的身分詢問她，伊莎貝拉只是默默點頭。

夫妻倆互看了一段時間，不久後，獸王像放棄掙扎似的嘆了口氣。

「……我去跟他們說說看。」

「老爸！我也要！」

「冷靜點，全都要看對方答不答應。」

討論出一個結論後，獸王帶著妻子與兒子來到我面前。

順帶一提，那家人開會開到一半音量愈來愈大，用不著強化聽力都聽得見。

「不好意思，吵到各位了。先跟各位介紹我的家人。這是內人伊莎貝拉，還有小犬奇斯。」

「哼，我叫奇斯。」

「…………伊莎貝拉。」

「害你遇到那種事還要麻煩你，真的很不好意思，其實我有一事相求……」

「嗯，我聽見了。伊莎貝拉大人想跟我們交手嗎？」

「感謝你理解得這麼快。內人看到像你們這樣的強者，就會想跟人家切磋。」

外表看來是文靜的美女，內在卻是徹底的武鬥派啊。

不過跟萊奧爾爺爺比起來好太多了。那個變態練劍狂八成會二話不說，直接舉劍砍過來。

「她單純只是想跟人較量，與梅雅莉和國家的事無關。如果你願意答應，要我出報酬也行。」

「意思是我可以拒絕囉？」

「當然。因為我本來就沒辦法逼你。可是內人很久沒有那麼積極地想跟人戰鬥，可以的話我想實現她的願望。」

「我方便跟其他人商量一下嗎？」

「無妨。你光是願意考慮就夠了。」

由於不趕時間，我們先移動到旁邊才開始討論。

說是討論，弟子們似乎知道我已經決定好了，紛紛笑著點頭。

「看你的表情是打算答應囉。」

「我沒有要阻止天狼星前輩的意思，可是真的沒問題嗎？那個人……很強吧？」

「嗯，所以我才想和她切磋看看。她看起來也是這麼想的。」

伊莎貝拉面無表情，我卻能明白感覺到她想跟我交手。

包括他的兒子奇斯在內，我認為這種類型的人，不認真打一場就不會敞開心扉。

重點在於他們是梅雅的家人，可以的話我想和他們友善相處。

「大哥！我想跟那個叫奇斯的傢伙打一場。」

「我原本就是這麼打算。讓他見識見識你訓練的成果。」

「嗯！」

「你身為天狼星少爺的徒弟，絕對不可以輸。」

「但也別太拘泥於勝負，出手太重喔。」

強者之間的對決，一個失誤都有可能致命。再加上對手是王族，萬一害對方受重傷，肯定會很麻煩。

儘管如此，我還是決定收下這張戰帖，好讓雷烏斯累積經驗。

雷烏斯想超越的剛劍萊奧爾，也是跟各種強者戰鬥，一路變強的。

據我推測，奇斯的實力應該和雷烏斯不相上下。之後若有餘力，我甚至想讓他跟推測比他強的伊莎貝拉也打一場。

不論如何，得先請他們同意不管發生什麼事，責任都得自負再說。

商量完之後，我發現不是去找獸王一家，而是待在我們旁邊的梅雅和格蕾特，帶著複雜的表情嘀咕道：

「媽媽為什麼那麼喜歡打架？」

「欸，梅雅，那個人一直是這樣嗎？」

「……嗯。我雖然沒看過，媽媽跟格蕾特好像也打過架。」

「伊莎貝拉大人真的很強，我一下就輸掉了。不過在那場戰鬥中，我得到伊莎貝拉大人的認同，她才會命我擔任梅雅莉大人的護衛。」

「媽媽總是跟哥哥在一起，對我卻只會用瞪的。果然一定得變強嗎……？」

再難以接近，還是會想得到母親的關愛吧。

即使想安慰寂寞的少女，我們對伊莎貝拉一無所知。

隨便亂揣測人家的心意，害她誤會也不好，因此我努力忍耐住，告知獸王我們的選擇。

就這樣，決定要跟伊莎貝拉交手了，但天色已暗，所以時間改到明天下午。

獸王表示我們可以直接在城裡過夜，挽留我們，可是我自己也得準備一些東西，回寄放馬車的王狼館一趟比較方便，便拒絕了他。

「我已經跟城裡的人說過，所以你們不會被擋在門外。明天放心過來吧。」

「聽好，絕對要來喔。別想逃！」

「明天見！」

「…………」

我們在獸王一家的目送下離開，一出城我頭就開始痛了。

因為……街上那些發現北斗的獸人聚集而來，排隊為我們帶路。

目的地是王狼館的方向，所以問題不大，可是……

「…………這是怎麼回事？」

「大家在為北斗先生讓路。由我們負責帶頭，天狼星少爺請站在中間。」

「回旅館後，麻煩你們跟我解釋清楚。」

「我只是在為您和北斗先生準備相應的排場！」

「大哥再騎到北斗先生背上就完美了！」

「嗷！」

雖然這個狀況是逼不得已，未免做得太過頭了。

我決定回去後要罵得意洋洋的兩姊弟跟北斗一頓，開始為明天的決鬥思考。

隔天，我們來到城裡。如獸王所說，門衛很快就放我們進城，我們被帶到城內的巨大露天廣場。

昨天參觀時，我聽說這裡是用來舉辦特別儀式或比試的鬥技場。當然還有觀眾席，上面坐滿許多打扮得光鮮亮麗的貴族獸人，以及散發武者氣息的獸人。

「好多人來參觀呢。」

「城裡的人幾乎都在這了。如老爸所料。」

負責帶我們來的奇斯一臉不甘願，不過問他問題他還是會回答，展現基本的禮節。

獸王的計畫是讓在城裡工作的人參觀這場比賽。

亞比特雷的居民欣賞有實力的人，他這麼做似乎是為了讓那些得知事情緣由後，依然因為梅雅的事而對我有意見的人心服口服。

實際上，要跟伊莎貝拉交手，好像讓我被看成頗有實力的人，觀眾們的眼神有好奇，有憐憫，卻完全感覺不到殺意或憤怒。

講點題外話，這場模擬戰在下午舉辦的原因，在於他們要處理掉因為昨天那起騷動而擱置的工作。

「啊，大哥哥！北斗大人！」

「來了嗎？」

「…………」

獸王夫婦及梅雅站在擂臺中心，梅雅發現我們來了，朝這邊跑過來。

「梅雅莉，妳看好。哥哥絕對不會輸──」

「歡迎，大哥哥。今天加油喔。」

「梅、梅雅莉!?」

「「梅雅莉大人!?」」

她直接無視展開雙臂等待她的奇斯，撲進我懷裡。

她這麼喜歡我，我並不反感，可是奇斯和獸王的視線刺在我身上，感覺相當彆扭。

不，不只奇斯。坐在觀眾席的獸人們也釋放殺氣，鬥技場的氣氛變得跟世界末日一樣。

梅雅卻完全沒意識到現在的狀況，接著抱住北斗，笑容燦爛。年紀輕輕就這樣，真是魔性之女。

「竟敢對大哥釋放殺氣，算他們有種。看我也用殺氣讓那些人閉嘴。」

「別管他們。如果他們先動手，我們再還擊就是了。」

「冷靜點。看來用不著我們出馬。」

觀眾的情緒愈來愈激動，甚至開始怒吼，伊莎貝拉用尾巴往地上一拍，釋放威壓，鬥技場便瞬間安靜下來。

獸人們豎起耳朵及尾巴，嚇得發抖，有如被我或北斗罵的兩姊弟。看得出完美的上下關係。

「那麼大家也冷靜下來了，開始吧。先從奇斯和客人雷烏斯的比賽開始進行。」

場面安靜下來後，獸王開始主持，我們走下擂臺，只留雷烏斯和奇斯在上面。

「雷烏斯，給我拿出與天狼星少爺的弟子之名相應的實力。」

「這還用說？交給我吧，姊姊！」

「就是那個氣勢。要由我和奇斯大人交手也不是不行，但我的魔法可能會不小心砍斷他的手腳，這次就讓給你吧。」

艾米莉亞講的話也有點恐怖，或許是因為奇斯對我抱持敵意。

「姊姊，我的劍也可能砍了他啊？」

「你比現在的我更冷靜。而且……劍比較好控制力道吧？」

「也對。」

嗯……這段對話我還是當沒聽見吧。

我只覺得幸好艾米莉亞沒有上場。

我望向即將與我們交手的奇斯及伊莎貝拉，兩人面對面交談著。

「…………」

「放心，媽媽。我會拿出全力。」

「…………」

「我知道。那傢伙……很強。我才不會輕敵！」

可是伊莎貝拉一句話都沒說，看起來像奇斯在自言自語。不用開口也能溝通，是因為他們是家人嗎？

走下擂臺的我們，坐到獸王準備的特別座上。

特別座位置有點高，方便觀戰，還設有防護罩以免遭到波及，相當豪華。再加上柔軟的靠墊，待起來挺舒適的，不過……

「天狼星，我坐你旁邊。」

「……坐。」

獸王和伊莎貝拉坐在我的兩側，導致緊張感大幅提升。

我不討厭他們，可是被他們夾在中間，實在坐立難安。

真羨慕坐在附近的北斗背上，與女性組聊得有說有笑的梅雅。

「我看看，小犬會贏嗎？」

「您不相信令郎嗎？」

「當然相信。只不過，我從你的徒弟雷烏斯身上感受到的力量，並不遜於我兒。

希望他至少別戰得太難看。」

他對女兒溺愛到了極致，對兒子倒是挺嚴格的。

但長男奇斯同時也是王位繼承人，父親對他嚴格或許也是理所當然。

那麼母親又如何呢？

「……輸了就處罰。」

看來她比父親更嚴格。

伊莎貝拉將手指折得喀喀作響，其魄力令擂臺上的奇斯抖了一下。

昨晚定好的比賽規則是其中一方不能繼續戰鬥，或是主動認輸時分出勝負。他們倆在擂臺上隔著一段距離對峙，雙方手中都沒有武器。

用平常使用的武器戰鬥太危險，所以武器由獸王他們提供。雷烏斯的愛劍目前放在我的腳邊。

「雷烏斯，接住。」

奇斯將兩位士兵合力搬過來的大劍扔出去，不知為何，還把自己的武器——巨大斧槍也扔給了他。

雷烏斯納悶地在空中接住兩把武器，隨手揮動幾下大劍，點點頭。

「嗯……還不錯，雖然比我的劍輕。請問這把奇斯大人的武器又是？」

「叫我奇斯就好，也可以不用對我用敬語。現在的我是你的對手，跟身分無關。我把武器給你，是要讓你檢查上面有沒有動手腳。」

「原來如此。那我看看……嗯，沒問題，奇斯！」

雷烏斯恢復成平常的語氣，笑著揮動斧槍，確認上面沒有機關後將它扔回去。

本以為他是個重度溺愛妹妹的怪人，在戰鬥方面倒是挺重視禮節的。

我在心中更正對奇斯的評價，坐在旁邊的獸王幫我為比賽用的武器做了許多補充說明。由國王親自為我解釋，感覺有點奢侈。

「我幫他們準備的武器，刀刃都整個鈍掉了。以那兩個人的實力來說還稱不上安全，但至少可以降低風險。」

「用木頭武器的話一下就會斷，考慮到他們倆的實力，我認為這是妥善的選擇。不過我想應該撐不了多久。」

「小犬也一樣。武器損壞的話，就考慮暫時中斷比賽吧。」

「……不需要。還有我教他的拳法可以用，不必中斷。」

「我也覺得。我教過雷烏斯格鬥術，武器壞了還是能戰鬥。」

「那就讓他們自由發揮吧。」

大概是多虧我們在戰鬥方面意見相同，我稍微沒那麼緊張了。

我們坐在一起討論著，附近的弟子們驚訝地看著這邊。

「好厲害喔。天狼星前輩坐在那兩個人中間，也完全不會不自然。」

「對呀，徹底融入了。」

「證明天狼星少爺的器量足以跟王族相提並論。」

不……這個情況比起什麼王族的器量，只是單純的父母心使然。

本想吐槽旁邊那些人，可是兩人的對決即將開始，我便將注意力放在擂臺上面。

「雷烏斯，我要上了！」

「好！喝啊啊啊啊啊——！」

比賽開始的信號一下，兩人就同時飛奔而出，全力揮下武器。

武器撞在一起時產生驚人的巨響及衝擊波，撼動鬥技場，讓人產生地震的錯覺。

武器沒被彈開，本以為他們會繼續僵持下去，其中一方卻在短暫的交鋒後彈向後方……是雷烏斯。

「不會吧!?雷烏斯的力氣怎麼可能輸人！」

「不，力量幾乎不分上下。我想他是輸在踏出去的速度慢了一些。」

「他的劍是借來的，可能是不太習慣。不過……雷烏斯還沒放棄。」

雷烏斯彈飛到斧槍的攻擊範圍外，沒有減速，而是當場旋轉，全力用劍橫砍。

劍刃撞上試圖追擊的奇斯的斧槍，這次換成奇斯被彈了開來。

「唔!?想不到我會輸給老爸以外的人！可是為了我妹，我絕對不能輸！」

「身為大哥的徒弟，我也不能輸！」

「你這傢伙！比起我妹，你更喜歡那個大哥嗎！」

「你在說什麼啊!?」

兩人一面進行有點牛頭不對馬嘴的對話，一面激烈交鋒。

雷烏斯似乎也掌握那把劍的手感了，這次沒有被彈飛，而是跟奇斯不相上下，

兩人彷彿事先商量過，全力揮出武器。

「喝啊啊啊啊啊啊——！」

「唔喔喔喔喔喔——！」

兩人的武器因為這渾身一擊超出負荷，發出沉悶聲響碎裂。

無數的碎片飛向觀眾席，前來觀戰的獸人們急忙保護自己。其中最大的碎片飛向這邊，我正想將其擊落，獸王和伊莎貝拉的動作卻比我更快……

「那個白痴，傷到梅雅莉怎麼辦！」

「……等等要處罰。」

他們像在抓一隻小蟲似的，直接用手抓住碎片。奇斯的處分也定下來了。

兩人完全沒察覺到夫妻倆的怒火，戰得愈來愈激烈。

他們立刻捨棄壞掉的武器，用不著我們說就直接互毆起來。

「接近我妹的男人，身心都必須是強大的！讓我看看你的真本事！」

「不用你說我也知道！」

雙方的攻擊不時會命中身體，卻都不足以致命，兩人毫不退讓，正面互毆。

這場對決看起來幾乎是五五分，不過大概是年齡或氣勢的差距吧……雷烏斯的動作愈變愈慢，只能顧著防守。

接著……均衡崩壞了。

「這樣就結束了！」

雷烏斯的防禦因奇斯的渾身一擊而瓦解，露出巨大的破綻。

奇斯不可能放過這個機會，瞬間使出銳利如長槍的踢擊，刺向雷烏斯的腹部。

然而……

「⁉沒打中──」

「在這邊啦！」

他踢中的是雷烏斯用魔力製造出的殘像。

奇斯被殺了個措手不及，破綻百出，雷烏斯繞到他後面，抱住他的腰釋放力量。

「喝啊啊啊啊啊──！」

「唔……喔喔喔喔喔喔喔⁉」

他的身體彎成拱橋狀，把奇斯抬到空中，使出漂亮的背摔。

力道真的很驚人，奇斯的身體摔在擂臺上時，甚至發生小規模的地震。

沙塵散去後，擂臺上出現一尊人體的上半部埋在底下，只有下半部露出來的前衛藝術品。

說實話……這一擊出人命都不奇怪。不過或許是拜他受過的訓練與本能所賜，奇斯反射性用手臂護住後腦勺，所以沒受到致命傷。

我姑且用「探查」調查了一遍，偵測得到魔力反應，應該還活著。

「嗯……你的徒弟用的招式真有趣。」

「老實說我也沒料到。」

「……有趣。」

在情急之下使出我教他的「蜃氣樓」是很優秀，沒想到連師父對他用過的摔角技都拿出來用了。

外行人用這招挺危險的，不過雷烏斯被師父用這招伺候過好幾次，掌握住了要領。他也問過我好幾次要怎麼用，其實他挺喜歡摔角技的吧？

順帶一提，這一招有很多方法可以應對，但奇斯從未見過這種招式，又因為雷烏斯的殘像而亂了手腳，沒能成功破解。

任誰來看都會判斷奇斯無法繼續戰鬥，周圍一片靜寂，雷烏斯慢慢起身，對我們揮手。

「雖然很不甘心，小犬徹底輸了。」

「……要重新鍛鍊。」

兒子輸了照理說不值得高興，獸王卻承認敗北，還露出從容不迫的笑容，展現寬廣的胸襟。

伊莎貝拉也對奇斯投以嚴厲的目光，點點頭，看起來接受了雷烏斯的勝利。

「雙方都表現得很精采。這場比賽由雷烏斯獲勝！」

自己國家的王子被人打倒，觀眾席的獸人卻紛紛鼓掌稱讚雷烏斯。

也許是多虧獸王事先宣布過，這場戰鬥是為了讓人見識我們的實力，無關國威。

力量與力量互相衝突的激烈對戰，讓觀眾們興奮到了最高點，不過這僅僅是前哨戰罷了。

「……換我。」

伊莎貝拉緩緩起身，解放壓抑住的氣勢，靜靜俯視我。面對她的鬥氣，我們連擂臺都還沒站上去，我卻自然而然繃緊身體。很久沒跟這麼強的人交手了。

「大哥，我贏了！」

另一方面，使出完美的背摔站起來的雷烏斯，對我們發出勝利的吆喝。我明白他很高興，但你打倒的是一國的王子，太高興也不好。

我急忙起身走向擂臺，站到面帶笑容的雷烏斯面前。

「恭喜你，雷烏斯。高興是可以，快把他拔出來吧。」

「啊，對喔。你沒事吧？」

雷烏斯走向有如從石板裡長出來的人腳，模樣十分滑稽的奇斯，抓住他的雙腿硬把他拔出來。感覺像在拔蘿蔔。

重獲自由的奇斯似乎在撞上地板時昏倒了。他無法立刻判斷發生了什麼事，納悶地環視周圍。

「我……咦？我剛剛不是還在跟你打嗎……」

「還好嗎？你記得自己是誰吧？」

「那、那當然！呃，難道我……」

「……你輸了。」

「嗚!?」

聽見不知何時來到附近的伊莎貝拉這句話，就算他不想面對，也理解了現在的狀況。

他臉色發青、冷汗直流，抬頭看著母親，感覺隨時要進入說教時間，伊莎貝拉卻只是靜靜凝視兒子，一語不發。這種時候比起被痛罵一頓，沉默無言應該更可怕吧。

「那個，媽？」

「……剛才的對決，哪一方獲勝都不奇怪。你知道自己輸掉的理由嗎？」

「最、最後一擊沒打中，害我失去冷靜了。」

「……知道就好。之後來讓我練習剛才那招。」

「…………什麼？」

看來伊莎貝拉看上了雷烏斯用的背摔。

面對無法逃避的恐懼，奇斯陷入絕望，雷烏斯大概是不忍心放著他不管，拍拍他的肩膀安慰他。

「被人從背後抬起來後，冷靜下來就有辦法應付。例如在摔在地上的前一秒往地板揍下去。」

「怎麼是以會中招為前提！不過……嗯，我會記住。」

雖然這句話聽起來不太像安慰，剛才的對決似乎讓兩人感情變好了。

為求保險起見，我不著痕跡地碰觸奇斯，用「掃描」調查，除了撞傷外沒有其他傷口，幸好他很耐打。我鬆了口氣，遲來的莉絲開始為兩人診斷。

「大多數是撞傷，不過也有一點刀傷。別動喔，我馬上幫你治療。」

「我不用。這點小傷休息一下，很快就會好。」

「這怎麼行！傷口化膿就糟了，就算你不想，我也要逼著你治療。雷烏斯！」

「就跟妳說不用了……你、你幹麼！」

「乖乖接受治療吧。要是你敢反抗莉絲姊，後果很可怕的！」

「別把我說得跟危險人物一樣。」

對姊姊們絕對服從的雷烏斯將奇斯架住，逼他接受治療。我心不在焉地看著異常吵鬧的治療過程，伊莎貝拉朝我走過來，指著擂臺中心說：

「……那這次換我們了。開始吧？」

這時，我看見她微微揚起嘴角。

看起來一點都不像生過兩個小孩，散發妖豔氣息的美麗微笑，想必能吸引無數的男人，不過同時散發出的氣勢及殺氣，完美將其抵銷掉了。

她好像想快點開打，因此我使了個眼色叫治好傷的兩人回觀眾席，雷烏斯卻正經地看著伊莎貝拉。

「大哥，我也想跟伊莎貝拉大人打打看，不行嗎？」

「我是無所謂，伊莎貝拉大人意下如何？」

「……可以。」

伊莎貝拉慢了一會兒才答應，望向依然坐在觀眾席的獸王。

獸王感覺到她的視線，跟艾米莉亞說了幾句話，將雷烏斯的愛劍扔過來。那把大劍挺重的，獸王卻單手把它扔出去，毫不費力。

伊莎貝拉看到雷烏斯抓住飛過來的愛劍，站在擂臺中心輕聲說道：

「……不過，要拿出真本事喔？」

「呃……大哥？」

要是他認真揮舞大劍，連城牆都能輕易切斷，所以對方叫他出全力，連雷烏斯都在猶豫。

不過，你應該也知道不必擔心那種事。知道眼前的對手遠遠凌駕於你。

「可以。把她當成我來應戰吧。」

「喔！」

偶爾我會持真正的武器跟雷烏斯進行模擬戰。以你現在的實力，跟伊莎貝拉的實力差距不至於天差地別。在我的鼓勵下，雷烏斯做好覺悟，走到擂臺中心，舉起大劍對著伊莎貝拉。

「……隨時可以出手。」

「…………」

集中精神的雷烏斯默默點頭，高舉著大劍伺機而動，伊莎貝拉則沒有要移動的意思，推測是想讓雷烏斯先攻。

本來的話，我會叫他不要隨便進攻，可是雷烏斯學的剛破一刀流是積極攻擊的流派。

即使是等待自己進攻的敵人，也會從正面將其一刀兩斷的必殺流派，你一直以來練的都是這個技術。現在這個狀況等於是有高手陪練，豁出去試試看也不錯。

大概是跟我得出同樣的結論，下定決心了，雷烏斯調整好呼吸，放聲咆哮。

「喝啊啊啊啊啊——！」

他以彷彿要把擂臺踩碎的氣勢飛奔而出，不是一步衝上前，而是蹬了好幾次地面，逼近伊莎貝拉。

他的步法比平常更複雜，是為了維持腳著地的狀態，以便對手有任何行動都能應對。

然而雷烏斯都跑到她面前了，伊莎貝拉仍舊文風不動。

雷烏斯毫不猶豫揮下大劍，即將命中的瞬間……伊莎貝拉消失了。

不……不是消失。是她以光憑體能就能製造出殘像的速度，繞到雷烏斯右邊。

就雷烏斯看來，應該會覺得她當著自己的面消失，雷烏斯的本能卻沒有放過她。

「右邊嗎⁉」

至今以來的經驗及動態視力，幫助雷烏斯掌握伊莎貝拉的位置，硬是改變已經揮出的大劍軌道，往繞到側面的對手身上橫砍。

不過……

「筆直的目光……挺不錯的。」

語氣產生些許變化的伊莎貝拉，不僅沒有閃開緊逼而來的大劍，還微笑著凝視雷烏斯的雙眼。

雷烏斯雖然因此產生動搖，還是將大劍揮到底，伊莎貝拉卻已經不在原地，大劍直接揮了空。

「⁉」

從雷烏斯驚慌失措的態度來看，這次他似乎徹底跟丟伊莎貝拉了。

我因為是在遠處旁觀才能發現，伊莎貝拉這時已經繞到雷烏斯背後，抬腿準備踢他。

雷烏斯慢了一拍發現伊莎貝拉，放棄攻擊，以最快的速度收回大劍，轉為守勢。

他在千鈞一髮之際用大劍擋住伊莎貝拉的腳，然而在姿勢不穩的狀態下無法抵銷全部的衝擊，大劍從手中滑出，刺進觀眾席。

雖說雷烏斯不是處於萬全狀態，那一腳竟然足以把他的大劍踢飛嗎？要是直接命中一發，肯定會失去戰鬥能力。

雷烏斯不僅見識到壓倒性的速度差距，連武器都沒了，鬥志卻仍未熄滅。

明知會遭到反擊，他依然踹出一腳，結果果然踢不中伊莎貝拉，撲了個空。

「可……惡！」

「太慢了。不過……還不錯。」

伊莎貝拉平靜地說，移動到對手背後，雷烏斯發現前，伊莎貝拉已經抱住他的腰。

難道……是背摔嗎？

想為兒子報仇……不，她對摔角技那麼有興趣，搞不好單純只是想用用看。

但同樣的招式師父對雷烏斯用過好幾次，所以他知道要怎麼逃掉。

「這一招——噗嗚!?」

可惜雷烏斯動都還沒動，伊莎貝拉就使出背摔。

跟像要迷住其他人般放慢速度的師父不同，伊莎貝拉是立刻使出，所以他來不及應對。

結果……雷烏斯的上半身陷進地板，跟奇斯陷入同樣的狀況。

伊莎貝拉製造出新的藝術品，露出滿足的表情，奇斯急忙跑過去。

「……這招式果然很有趣。」

「媽媽，請妳手下留情！雷烏斯，振作點！」

「嗚……噗啊!?我、我沒……事。」

雷烏斯靠自己的力量掙脫，搖搖晃晃地站起來。除了多虧他強壯的身體外，也是因為跟師父的背摔比起來，剛才那一擊力道沒那麼重。

「我還能……繼續打……哇噗!?」

「不可以再逞強了。」

沒事歸沒事，雷烏斯頭部有點流血，所以莉絲這個醫生制止了他。

伊莎貝拉看著臉部被水包住，強制接受治療的雷烏斯，再度露出戰鬥前的那抹笑容，用力點頭。

「……你及格。」

「唔!?既然媽媽這麼說，沒辦法。我也會認同你。」

「及格……什麼東西及格？」

聽見突如其來的及格宣言，從水魔法底下獲得解放的雷烏斯面露疑惑。

以現在的狀況來說，應該是承認雷烏斯實力堅強的意思，不過那個反應又有點不太像。

「別誤會了！我只是同意你接近我妹，不是允許你跟她當朋友！」

「是指這個啊!?當個朋友又不會怎樣。」

「囉嗦！要跟我和老爸以外的男人相處，對我妹來說還太早了！」

「放心吧。我已經有戀人——」

「你這傢伙是在說我妹沒魅力嗎！」

「你是要我怎麼回答啦！」

還以為他們感情變好了一點，結果一扯到梅雅就恢復成初期狀態。對妹妹溺愛成這樣，可以說是一種疾病了。

雖然不知道他們說的認同是哪方面的認同，接下來換我和伊莎貝拉交手，得繃緊神經才行。

「下一個……輪到你了。快點開始吧？」

我對幹勁十足地站在擂臺中央的伊莎貝拉點頭，在回到觀眾席的莉絲、雷烏斯，以及奇斯的注視下，站到她前面。

「我準備好了，隨時可以開始。」

「……嗯。」

伊莎貝拉靜靜點頭，朝坐在觀眾席的丈夫使眼色，獸王大聲宣言：

「比賽開始！」

雖說要拿出真本事，我們並非要互相殘殺，所以這次的戰鬥，我只帶了師父給的聖樹小刀當武器。

這把小刀外表看起來只是把木刀，卻遠比礦石堅固，只要注入魔力就會變得比祕銀刀更銳利。反過來說，不注入魔力的話只是把堅固的小刀，適合用來進行模擬戰。

伊莎貝拉則赤手空拳。她的武器果然只有自己的身體嗎？

「……你不過來嗎？」

隨著獸王一聲令下，比賽已經開始，我們卻一動也不動，繼續互瞪。

伊莎貝拉的速度快到瞬間的大意就會決定勝負，隨便進攻可能會重蹈雷烏斯的覆轍。我對速度還算有自信，但據我推測，伊莎貝拉八成比我更快。

「那……我上了。」

她以要踩碎地面的氣勢衝上前，跟雷烏斯不同，伊莎貝拉移動時沒有發出半點腳步聲。彷彿瞬間移動般出現在面前，朝我揮出拳頭，我直接正面擋下。

「……您不是已經做好暖身運動了嗎？」

我發動「增幅」提高體能，擋下這一擊的感想是……力氣比想像中還小。

剛才她一腳就把雷烏斯的大劍踢飛，推測是因為攻擊命中了中心，將衝擊完整傳達出去，威力才會那麼大。簡單地說，伊莎貝拉的攻擊太過精準了。

而我閃躲從正面射來的子彈的經驗，多到數不清。

因此如果只是要讓直線的攻擊——瞄準固定一個點的攻擊偏移，速度再快我都做得到。

我擋下她的攻擊，像在挑釁似的說。伊莎貝拉聽了，露出大膽的笑容擺好架勢。

「……是啊。那我……要加快速度囉？」

「為求保險起見，我先問一下，請問您打算把速度提升到多快？」

「現在只有……一半。」

我還沒回答「那應該挺難對付的」，伊莎貝拉就掄起拳頭往我臉上揍過來。我立刻閃開，同時用小刀擋下她側身使出的銳利如槍的踢擊，她卻緊接著掃出尾巴，我判斷承受這一擊太危險，蹲下來躲開。

雖然是敵人，我還是要稱讚這一連串的速攻非常漂亮。況且不只四肢，連獸人特有的尾巴都被當成優秀的武器使用。

「還沒……還沒完呢！」

「那我也要上了！」

伊莎貝拉加快速度的同時，我也將「增幅」的威力開到最大，接連擋下如同機關槍的攻勢。然而伊莎貝拉的速度彷彿可以無限加快，就算大腦反應得過來，身體卻開始跟不上了。

我靠著過去的經驗，再加上用「並列思考」預判對手的動作，勉強跟上她的速度，發現隨著攻擊愈發激烈，伊莎貝拉也開始產生變化。

「呵呵……哈哈……啊哈哈！有了……感覺到了！好久沒有這種感覺了！」

讓人懷疑她在作夢的無神雙眼閃過光芒，原本斷斷續續的說話方式也變得激烈起來，放聲大笑。

是因為戰鬥刺激了腎上腺素分泌嗎？

她的情緒似乎也變得極度亢奮，過於劇烈的變化，害我差點沒閃掉她的攻擊。靜與動差別這麼大的人也挺罕見的。

『嗯……好幾年沒看見她那樣了。天狼星果然有一定的實力嗎？』

『那個，獸王陛下。伊莎貝拉大人到底怎麼了？』

『內人的鬥爭本能受到刺激時，情緒會爆發，像那樣露出本性。也就是拿出了真本事。』

『那就是……媽媽嗎？』

觀眾似乎在對這邊投以困惑、不安、恐懼的視線，可惜我沒空注意。伊莎貝拉帶著猙獰的笑容不斷出招，我的心思全放在閃避上，身上的小傷口逐漸增加。

「啊哈哈哈！除了我丈夫，你是第二個能讓我這麼興奮的人！再讓我看看你的力量吧！」

「唔……妳還能更快啊！」

被她繞到背後時，我靠「蜃氣樓」製造的殘像閃開，接著使出的反擊卻完全打不中她。

不知不覺，我們已經歷上百回合的攻防戰，足以決定勝負的攻擊卻一發都沒命中。

「不夠……還不夠……再讓我看看……你的實力！土啊升起吧！『岩升彈』。」

伊莎貝拉在念咒的同時踏碎地面，我腳下的地面龜裂開來，數不清的岩石朝上方噴出，宛如火山爆發。

記得這個魔法是……從任意地點朝上空發射岩石及衝擊波的土屬性中級魔法？

巧妙抓住攻擊空檔施展魔法的技術，詠唱時間也縮短到極限。這麼強的人十分罕見。岩石從正下方射向被魔法轟到半空的我，我反過來用那些石頭當施力點，閃過接踵而來的攻擊。

「好厲害！你還辦得到這種事呀！」

我不知不覺跳到城堡的三樓高，伊莎貝拉也踩著空中的石塊追上前。

速度雖然是對方占上風，但空戰對於能使用「空中踏臺」的我更有利。

伊莎貝拉踢著石頭，跳了好幾下接近我，我則踩著岩石和用魔力製成的踏臺閃躲。

射向上空的岩石飛往各處，落向觀眾席，可惜我現在沒心思處理。哎，就算岩石從天而降，我的同伴和獸王也應付得來吧。

『梅雅莉，很危險，到爸爸這邊！』

『不不不，待在哥哥旁邊更安全！』

『我用風防禦，別離我太遠喔。』

『菲亞姊姊的魔法好厲害！』

『『…………』』

空中的岩石全數墜落，我在降落於擂臺上時立刻準備往側面跳，伊莎貝拉卻搶先繞到我背後，抱住我的腰。

這個動作……又想用背摔嗎！她真的很喜歡這個招式。

「休想得逞！」

我反射性將雙手伸直，在後腦勺撞上地板的前一刻發動「衝擊」。

衝擊撞碎地板導致我們的身體彈飛出去，再度飛到空中，我用力扭動身軀，擺脫伊莎貝拉抱住我腰部的雙臂。

伊莎貝拉因我的行為大吃一驚，卻立刻踹出一腳，我用雙手接住，做出「空中踏臺」抓緊她的足部甩了好幾圈，將她扔向觀眾席附近的牆壁。

「很好！你……太棒了！」

明明被我扔出去了，伊莎貝拉卻立刻重整態勢，往牆壁一蹬，回到擂臺，直接往我衝過來。我調整好呼吸，將注意力集中在緊逼而來的伊莎貝拉身上……發現她的表情明顯變了。

「你擁有如此強大的力量，接近我女兒有何企圖？」

我想，她並非以戰士的身分，而是以母親的身分問的。

她應該是真的很享受戰鬥，不過此刻的伊莎貝拉，讓我感覺到和艾莉娜媽媽類似的情緒……對孩子的愛。

事情發生在昨晚。

離開城堡前，獸王單獨把我叫過去，感謝我治好梅雅的眼睛，我順便問了一下。

為何梅雅的視力那麼差……

如果是先天性，或是疾病導致的，感覺又有點奇怪，所以我才會問這個問題，獸王懊悔地握緊拳頭回答：

『梅雅莉被人下過毒。』

不只家人，亞比特雷的王女——梅雅，受到全國獸人的喜愛。

梅雅從離乳食品畢業，可以吃一般食物的時候……發生了有人在她的食物裡下毒的悲劇。

她勉強撿回一條小命，卻留下視力極度衰退的後遺症。

由於她還小，梅雅似乎不太記得當時的情況，不過在那之後她就會下意識排斥進食，或是把吃進口中的東西吐出來。

『看到那孩子日漸消瘦，我不曉得絕望了多少次。不過託大家的福，那孩子活下來了。真是怎麼感激都不夠。』

許多人奮不顧身地幫她復健，因此現在只要有人先試過毒，梅雅就能正常進食。

之後我才知道，梅雅中毒的原因不在於仇恨或政治陰謀，純粹只是廚師想讓梅雅嘗到好吃的東西，太有幹勁了，結果不小心出了差錯。

雖說不是故意的，那位廚師受不了罪惡感，選擇自殺，迎來誰都不會開心的悲慘結局。

基於這樣的理由，獸王才會對梅雅的身體狀況過度擔心。剛認識的時候他瞪我瞪成那樣，也是情有可原。

然而家人之中，對梅雅最沒有反應的，是母親伊莎貝拉。我們也親眼看過，就算見到女兒，她也只會遠遠瞪著她，不怎麼關心梅雅，每天都只顧著鍛鍊兒子奇斯。

因此梅雅不再接近她，其他人都覺得伊莎貝拉是個冷淡的母親，不過……

「讓我看看你的內心吧！」

……看來完全不是這麼一回事。

伊莎貝拉是靠鬥爭，而非憑嘴巴跟人溝通的女性，就像她在戰場上會露出本性一樣。

據獸王所說，除了強者以外，其他跟梅雅有關的人，伊莎貝拉也統統交戰過。不只格蕾特，連不擅長戰鬥的馬克達特似乎也不例外。

理由恐怕是想藉由戰鬥得知對方的本性，判斷對方會不會加害梅雅。我此刻就在跟她交手，能理解她的意圖。

她之所以一直瞪梅雅，也是因為極度不擅言詞，再加上只會靠拳頭跟人真心交流。真的是很麻煩的個性。

「妳都說到這個地步了，我可不能退讓。」

因此……我也做好覺悟。

正面承受伊莎貝拉的全力一擊的覺悟。

我稍微蹲低，將平常會均勻在全身上下循環的魔力集中於右手。這大概是我單憑肉體所能使出的最強攻擊。

沒有打信號，我和伊莎貝拉卻同時蹬地飛奔。

面對伊莎貝拉那瞄準目標的中心，將全力貫注於其中的拳頭，我讓「衝擊」在

手肘附近爆炸，運用打樁機的原理擊出經過加速的拳頭。

對於伊莎貝拉的問題的答覆。

是身為一個以老師為志向的人，看見前途一片光明的小孩……

「哪可能坐視不管！」

雙方蘊含真心的拳頭激烈碰撞的瞬間，我們都被震向後方，在地上滾了好幾圈，用力撞上觀眾席的牆壁才停住。

「到此為止！」

獸王大聲宣布比賽結束，大概是判斷不能再打下去了。

痛歸痛，因為我身體還能動，不至於無法繼續交手，但我真的累了，便乖乖靠著牆壁等莉絲過來。

伊莎貝拉好像也跟我一樣，沒有要站起來的跡象，但她的表情非常滿足，或許是拜充實的戰鬥所賜。

這樣一看，那抹笑容十分有魅力，但為了讓她露出那樣的笑容，必須拿出全力死戰，總覺得不太划算。

「天狼星少爺！」

艾米莉亞在比賽宣布結束的同時衝過來，擔心地觀察我的臉色。本想摸摸她的頭安撫她——

「!?天狼星少爺，您的右手……」

「噢，看來這隻手不能動了。得靜養一段時間。」

雖然我有用魔力保護，直接承受伊莎貝拉的攻擊似乎還是造成了重創。

她搞不好是第一次看我累成這樣，哄起來應該很累人——我本來是這麼想的，艾米莉亞卻比想像中還冷靜。

是嗎，妳也成長——

「儘管對方把您逼成這樣，但她現在已經受傷了。剩下請交給我處理。我會徹底讓那個人屈服，把這個國家納入手中……」

……比哭還可怕。

我用左手摸艾米莉亞的頭安撫她，重新確認自己的傷勢。

嗯……是很痛沒錯，但右手的骨頭只有裂開，沒有骨折的樣子。可是因為最後一擊害我魔力枯竭，帶來強烈的倦意，再加上持續格擋伊莎貝拉的攻擊導致身體疲勞，我今天已經不想動了。

分析完傷勢時，我的同伴統統集合在我面前。

「我要認真一點幫前輩治療了，不要亂動喔。」

「好精采的比賽。從來沒看過你被人打成這樣。」

「我會負責照顧天狼星少爺的一切生活起居。所以請您放心休息。」

「我會把敢接近大哥的敵人全砍了！」

「嗷！」

「知道了知道了。冷靜點……好嗎？」

莉絲的治療在兩姊弟的嚷嚷聲之中告一段落，我讓艾米莉亞撐著我站起來，伊莎貝拉也在獸王及奇斯的攙扶下起身。

我們之間已經無須言語。伊莎貝拉走過來，帶著平靜的神情對我伸出手，我也握住她的手。

「嗯，雙方都表現得很精采。既然內人認同了你，我想不會再有人懷疑你們了。」

「真沒想到有人能跟我媽打到這個地步。喂，等你傷勢痊癒，也跟我打一場吧！」

如獸王所說，觀眾席的獸人都大方地為我鼓掌。

奇斯好像也認同我了，這樣就萬事告一段落……我才剛這麼想，發現梅雅的樣子明顯不太對勁。

她跟我們隔了一小段距離，困惑地杵在原地。

根據弟子們的報告，從我和伊莎貝拉交手開始，她的態度就有點奇怪，搞不好梅雅是第一次看見母親認真戰鬥的模樣。

「媽媽……」

「…………」

如果伊莎貝拉願意說出真心話，一下就能解決了，冷靜下來的伊莎貝拉卻一語不發。

然而知道她的心情後，我怎麼看都覺得她只是個不曉得該怎麼跟女兒交流的母親。

獸王攙扶著伊莎貝拉，大笑著把手放到她頭上。

「伊莎貝拉啊，我說過好幾次，坦率一點如何？妳戰鬥的時候那麼凶悍，只不過是跟梅雅莉講話而已，沒什麼難的吧？」

「……我不知道該跟她說什麼。我明明是她的母親……卻不知道該怎麼寵她。」

獸王再三勸誡，伊莎貝拉卻一動也不動，彷彿在拒絕。

我實在無法繼續旁觀，忍不住插嘴說道：

「沒辦法用講的話，只能靠行動了。試著摸摸她的頭如何？」

「!?」

伊莎貝拉瞪大眼睛，向後退去，大概是被這句話震撼到了。

摸頭這點小事誰都做得到，她到底有多笨拙？

獸王在旁邊無奈地嘆氣，他八成也向伊莎貝拉建議過好幾次，結果一直被拒絕。

我不是很喜歡這個辦法，不過事到如今，就拿出來用吧。

「伊莎貝拉大人，這次我們答應您的要求與您切磋，可否請您摸摸梅雅大人的頭，當成還我們這個人情呢？」

「……為何？」

「因為我想這麼做。來……她不會逃的，請您靜下心來伸出手。」

「…………嗯。」

煩惱了一會兒，伊莎貝拉默默點頭，把手放到茫然站在原地的梅雅頭上，慢慢開始撫摸。

從旁人眼中看來，她的動作僵硬到實在不像在摸人。儘管如此，依然撼動了梅雅的心，因緊張而僵硬的身體逐漸放鬆。

「……媽媽？」

「……會不會痛？」

「不會。可以再用力一點。」

「……不行。因為很可怕。」

「可怕!?」

雖然離感情和睦的母女的對話相差甚遠，至少可以確定她們的關係前進一步了。

莉絲跟父親和解時，事情也鬧得很大，不過這對母女在各種意義上，感覺還有很長一段路要走。

我和在想同一件事的莉絲四目相交，面露苦笑，持續摸著梅雅的頭的伊莎貝拉忽然跟我搭話。

「……天狼星，你……要當這孩子的老師嗎？」

和伊莎貝拉的戰鬥結束後，不只梅雅的家人，在城裡工作的獸人們也認同了我們。把該講完的話講完後，我們便回到街上的旅館王狼館。

跟昨晚一樣，獸王邀請我們在城裡留宿，但我不想妨礙關係逐漸改善的母女倆，決定今天也回旅館休息。

雖然對直到最後都在依依不捨的梅雅不太好意思，城裡大概會很吵。

本以為待在旅館應該就能慢慢紓解今天的疲勞，周圍卻靜不下來。

因為……

「要來杯紅茶嗎？還需要什麼的話，請立刻吩咐。」

「今天不可以下床喔。」

「呵呵，睡不著的話，我幫你唱首搖籃曲好了？」

「大哥放心休息，交給我戒備吧。」

「嗷！」

別館明明有一堆房間，大家卻都聚集在我這。

弟子們不肯從躺在床上的我身邊離開，或許是因為看見我跟伊莎貝拉打過後，疲憊不堪的模樣。我很高興他們這麼關心我，也並無不滿，可是在這麼多人的狀態下一直被人照顧，反而無法休息。

然而，很久沒有經歷這麼極限的戰鬥，導致我現在動都動不了，從途中開始就放棄掙扎，乖乖讓大家照顧。

最有幹勁的恐怕是艾米莉亞，在她餵我吃水果的時候，坐在床邊的菲亞納悶地問：

「是說，你為什麼答應要當梅雅的老師？萬一不小心害她受傷，這次搞不好真的會遭到攻擊喔？」

「所以我才會答應。其他人太喜歡那孩子了。」

如菲亞所說，當梅雅的老師搞不好會惹麻煩上身，但我有許多放心不下的事，便接受了這個提議。

弟子們果然會好奇吧，剛才是因為梅雅的家人也在，他們才什麼都沒說。繼菲亞之後，兩姊弟也開始提問。

「大哥為什麼那麼在意啊？」

「雷烏斯說得沒錯。梅雅莉大人確實是讓人放心不下的孩子，不過……」

「該怎麼說呢，我覺得放著那孩子不管，會對這個國家造成不良影響。」

只有家人的話我還能理解，其他獸人對梅雅的執著明顯不正常。萬一梅雅說想開戰，他們可能會真的引發戰爭。

梅雅目前是天真無邪的孩子，所以問題不大，萬一她長大後成了任性妄為的女性……不曉得這個國家未來會變成什麼樣子。

儘管有種我想太多的感覺，既然已經想到這個問題，我實在無法置之不理。而且我本來就想教梅雅各種知識。

除此之外，為了幫助雷烏斯累積經驗，我還想讓他跟伊莎貝拉和奇斯多打幾場，也想挑戰在城裡吃到的用陌生食材做的新菜色，因此我決定再多跟他們相處一些時間。

「還有——這是我個人的想法啦——我想多教一下梅雅魔力的使用方式。我覺得只要讓她學會用『增幅』強化全身，而不只眼睛，梅雅就能跟母親更親近了。」

「嗯，我贊成。我不想看到小孩子明明有母親，卻露出那麼寂寞的眼神。」

「至少這次的事件他們欠我一個人情，只要不被梅雅討厭，多少提出一點任性的要求，應該還在容許範圍內。」

「呵呵，說得也是。看那樣子梅雅應該不會討厭你，多注意一下就行。」

若要再補充一點，也是為了在這邊一口氣賺足旅費。順利的話可以期待他們給的酬勞。

我簡單說明完後，詢問弟子們的意見整理今後的方針，品嘗艾米莉亞泡的紅茶稍事休息。

與此同時，趴在床旁邊的北斗把臉蹭過來——大概是在等我們聊完——我伸手撫摸牠，雷烏斯突然瞪向窗外。

「大哥，好像有人來。」

「嗯，似乎是客人。請人家進來吧。」

「好的。我去迎接。」

在跟我討摸的北斗沒有反應，所以接近這邊的應該不是敵人。為求保險起見，我用「探查」檢查了一下，看著慵懶地往我胸口磨蹭的北斗，腦中浮現一個想法。

「……你應該沒有因為在跟我撒嬌的關係，疏於戒備吧？」

「嗷嗚!?」

牠叫了一聲，一副我怎麼可以講這種話的態度。抱歉，我不是真的懷疑你，別生氣了。

我不停撫摸北斗，以表示歉意，發現說要去迎接客人的艾米莉亞站在原地不動。

「怎麼了？艾米莉亞。」

「……好羨慕。」

「唉……過來。」

「是！呵呵呵……」

她帶著燦爛的笑容走過來，我一摸她的頭，艾米莉亞就樂得尾巴狂搖，彷彿會把尾巴搖斷。

滿足了之後，她重新走向大門迎接客人。

「艾米莉亞真是始終如一。不曉得該高興還難過……」

「她有長大呀。之前會更強硬地把頭湊過來叫你摸吧？」

「經妳這麼一說，是這樣沒錯……呃，為什麼妳也跑過來了？」

「哎呀，我不能跟你撒嬌嗎？大人也會有想被摸的時候。」

「那我也可以嗎？」

「最後是我！」

「嗷！」

「我剛剛才摸過你吧。」

就這樣，我按照順序把弟子們摸了一遍，不過要摸比我壯的雷烏斯的頭總覺得怪怪的，因此我只有輕拍他的肩膀。

「……現在是什麼狀況？」

「沒事，我們平常就這樣了，妳別放在心上。」

「嗷嗚……」

來者是格蕾特，她看見被我摸得整隻伸長癱在地上的北斗，看起來困惑不已。

我先命令北斗離開，試圖從床上坐起來，格蕾特搖頭制止了我。

「你很累吧？不用管我，待床上休息就好。」

「那我不客氣了。所以，妳來這邊有什麼事嗎？我們明天還會進城……」

「嗯。我有點急事。」

格蕾特仍然一臉想睡的樣子，我卻感覺得出她有點著急。

因此我詢問詳情，好像是有獸人因為我被選為梅雅的老師，對我心生嫉妒。

「那些人搞不好會來騷擾你，我來幫忙看守的。」

「搞什麼鬼？是那個馬……馬可達……他叫什麼名字啊？」

「馬克達特先生啦。原本的老師都同意了，他們這樣有點幼稚耶。」

照理說，馬克達特對於這個決策不會太高興，他卻為了梅雅的成長，勉為其難地答應。

而且我們是冒險者，所以我開的條件是只有這幾天而已，那些人心胸真狹窄。

這也是梅雅的魅力使然嗎？

結論就是，格蕾特來這邊是為了保護我們不被那些傢伙騷擾，希望我們今天讓她在這過夜。

「感謝妳這份心意，可是這邊有北斗在，我覺得不需要幫我們看守啊？」

「但這是梅雅莉大人的要求。她想保護各位，才選擇派遣最受信任的我來這邊……」

這個說法實在讓人難以拒絕。不如說，她甚至搬出「不回應梅雅的信賴就不能回去」這個像離家出走的女兒的藉口。

仔細一想，格蕾特是來幫他們自己造成的問題收拾爛攤子，沒必要堅持拒絕……嗎。

「那就麻煩妳了。我也很久沒好好休息過，守夜的順序麻煩把我排在最後一個……」

「不，天狼星少爺不必排班。一切都由我們負責，請您放心睡到天亮。」

不只艾米莉亞，大家都點頭叫我交給他們即可，因此這次我決定恭敬不如從命。在我們圍著房間內的桌子討論警備人員要如何安排，以及格蕾特要睡在哪裡時，菲亞慢慢開口提問。

「欸，妳不是馬克達特的部下嗎？那個人真的能接受由天狼星當梅雅莉的老師？」

「他是這麼說的呀。」

「當時是因為獸王陛下在場，他不方便說實話吧？妳想想，那個人也超喜歡梅雅的，如果他答應得心不甘情不願，天狼星也不好做人吧？」

「放心。因為這是梅雅莉大人的希望。」

天色在我們閒聊的期間變暗，冒險者及居民在酒館嘻笑的夜晚降臨時，又有一名客人造訪。

「不好意思，在這麼晚的時間打擾各位。其實有件事想麻煩北斗大人……」

來找我們的是王狼館的老闆。

老闆戰戰兢兢地說，為了讓北斗能光明正大在街上走動，現在要召開情報管制的最終會議，希望北斗也來參加。

「只要看到北斗大人的尊容，任誰都會立刻同意吧。除此之外，我們也想為供市民拜謁北斗大人的活動開個會，想請您盡可能出席……」

「嗷嗚……」

北斗望向我徵詢我的意見，我叫牠自己做決定即可。

經過一段時間的思考，北斗輕聲吠叫，老闆聽了立刻面露喜色，看來北斗決定要出席了。推測是想報答老闆不只住宿費算我們便宜，還特地為我們準備特別房的恩情。

會議預計召開一、兩小時左右，地點在離旅館不遠的建築物，老闆說他會到飯店入口等北斗後就離開了。

「雖然我不覺得他們會對北斗做什麼，還是有個人一起跟去比較好。」

「那我去好了。」

「菲亞小姐是妖精，所以我最好也在場吧？」

艾米莉亞八成不會願意離開我，雷烏斯也因為今天的戰鬥累積不少疲勞，我們三個便決定留在旅館。

雖然有可能遭到卑鄙小人的襲擊，以北斗的戰鬥力，再加上會用精靈魔法的那兩人在，不可能有危險。再說，敢對北斗出手的話，附近的獸人不可能會原諒吧。

北斗在要離開房間做準備的兩人旁邊，對姊弟倆叫了一聲。

「嗷！」

「是，請放心交給我吧。」

「格蕾特小姐也在，沒問題啦。」

大概是在拜託他們照顧我。

姊弟倆幹勁十足地回答，北斗滿意地點頭，跟莉絲和菲亞一起前去開會。

「天狼星少爺，十分抱歉，我去洗餐具，稍微離開一下。有什麼需要請叫我。」

「大哥要睡了吧？我待在客廳。」

「我去附近巡視。」

房間裡突然沒人，變得鴉雀無聲，我將坐起來的上半身靠在床上，深深吐出一口氣。

雖說同樣在建築物內，我很久沒單獨待在房間了。

明天起應該得忙著教梅雅，今天就聽雷烏斯的建議，早點休息吧。

我蓋著棉被，閉上眼睛。

——————

混入黑暗中，消除氣息，靜靜接近王狼館的別館。

為了分散他們的戰力，我動了些手腳，沒想到不只敏銳的百狼大人，還少了兩個人，運氣真好。

看起來相當棘手的銀狼族雷烏斯留著，不過今天的戰鬥應該讓他累積不少疲勞。萬一得跟他開打，總會有辦法應付。

也就是說，這棟房子裡的實質戰力只有銀狼族的姊姊……艾米莉亞。

我事先說過要去巡視，待在外面應該不會不自然。

我假裝在建築物周圍監視，從胸口掏出……藥……

「咦？我身上怎麼會有這種東西……不對。是我帶著的沒錯。」

手中的藥不太對勁，似乎是錯覺。

這顆藥丸是……對了，點火後會冒煙，讓吸進煙的人沉沉睡去的安眠藥。煙霧完全沒有味道，所以得小心不要吸到。

我在指尖發動小小的「火焰」，接近藥丸，聽見點燃聲再將它從窗戶扔進去。只要扔個四顆，屋內應該就會瀰漫煙霧。

我在建築物周圍走動，假裝巡視，扔出最後一顆藥丸便躲在不遠處的岩石後面。

「然後在原地待命……數到三百。」

這種安眠藥很快就會見效，但也很快就會變得無害……咦，是誰告訴我的？

想不起來，但我非得做完這件事才能回去。我將隱約浮現腦海的疑惑壓抑住，慢慢倒數計時，等待煙霧淡化。

內心的不安隨著時間經過而增加，是我多心……吧？

因為……這是正確的行為。

確認煙霧失效後，我回到別館，雷烏斯坐在客廳的椅子上睡覺。走近一看，沒有醒來的跡象，這藥似乎挺有效的。

我經過他旁邊走進房間，看見這次的目標靜靜睡在床上。我在沒有開燈，光源只有從窗外照進的月光的房間內豎起耳朵，發出規律呼吸聲的……有兩個人。

仔細一看，唯一的戰力艾米莉亞趴在目標胸前沉睡著。肯定是察覺到異狀，急忙趕回主人身邊，卻在這邊撐不下去而昏睡了。

「她看起來好幸福。」

艾米莉亞的睡臉十分安詳，或許是在睡夢中也感覺到了主人的存在。

講白了點，我跟艾米莉亞才認識沒幾天。可是明白侍奉、扶持主人的喜悅的這一點跟我很像，我對她挺感興趣的。

所以也發自內心覺得愧疚。

但我……非得在這解決他不可。

因為，既然他有能力跟那位伊莎貝拉大人戰得不分上下，就只能趁他疲憊不堪時下手。

「放心。不會感到痛苦的。」

之後只消把毒針刺進睡著的他的頸部即可。這種毒素會讓人在睡夢中斷氣，不會產生任何痛楚。

我將手伸向胸前，準備取出那根針……手指卻停了下來。

明明一切都已經準備就緒，為何我仍在猶豫？

這也是為了梅雅莉……大人……咦？

思緒……又變得模糊不清了……

「唔、唔唔……我……沒有錯。」

沒錯。我……沒有做錯任何事。

所以得快點搞定。

只要早點回去看見梅雅莉大人的笑容……一定不會有問題。

拿起針的瞬間，身邊突然吹過一陣風。

在對那陣風產生疑問前，我被逼得停止動作。

因為……

「……別動。」

她——艾米莉亞繞到我背後，用小刀抵著我的喉嚨，閃亮的銀髮在月光照耀下隨風飄逸。

妳怎麼吸了安眠藥還醒著？

突如其來的狀況令我陷入混亂，艾米莉亞狠狠瞪著我，開口說道：

「請告訴我妳有什麼企圖……格蕾特小姐。」

——艾米莉亞——

「請告訴我妳有什麼企圖……格蕾特小姐。」

那些看我們不順眼的人要採取行動的話，八成會選在今天……如天狼星少爺所料。

對方派出的刺客是格蕾特小姐倒是有點出乎意料，不過既然她盯上天狼星少爺，就是我的敵人。

我趁她把手伸進胸前，注意力分散的瞬間繞到她背後，用小刀抵住她的咽喉，格蕾特小姐大吃一驚。

「……為何妳吸了安眠藥還沒昏睡？」

「當然是因為我沒吸進去呀。」

「想取我性命的話，應該調查仔細一點再來。」

天狼星少爺似乎一直都在用「探查」追蹤格蕾特小姐的行蹤，感覺到她在外面有不自然的舉動，以及微弱的魔法發動氣息的同時，天狼星少爺便用「傳訊」把我叫了過來。

接著，我聽從天狼星少爺的指示，以這張床為中心召喚流動的風，隔絕煙霧。

跟我一樣假裝睡著的天狼星少爺從床上起身，用「傳訊」通知同樣在客廳裝睡的雷烏斯。

「你怎麼發現的？房間那麼暗，應該看不清楚啊……」

「幸虧艾米莉亞很快就察覺到了。看來那道煙雖然無色無味，還是瞞不過銀狼族的鼻子。」

當時我向天狼星少爺回報聞到些許異味，天狼星少爺便立刻猜出敵人的手法，制定了作戰計畫。

雖然要視狀況而定，不過天狼星少爺在他所說的前世，好像也常用煙霧或氣體讓目標失去戰力，或是中過同樣的陷阱。

「您一開始就把格蕾特小姐視為可疑人物了呢。」

「因為在她身上感覺到跟以前的我類似的氛圍──以暗殺維生的獨特氣質。」

「那為何還放任我自由行動？」

「妳之前特地在我們面前現身，所以我想設個陷阱，看看妳的本性。」

因此天狼星少爺才會冒著危險裝睡，引來格蕾特小姐。

考慮到萬分之一的風險，我有點反對，不過偷偷說一下，可以在這麼近的距離盡情享受天狼星少爺的氣味，我很高興。

「呼……好險。差點就憋不住了。」

「有效使用有限的氧氣也很重要，趁這機會多留意呼吸方式吧。」

直到煙霧散去前一直在憋氣的雷烏斯也走進房間。

不過他和有風保護的我們不同，看起來有點想睡，大概是與煙霧接觸造成的影響。

「好了，麻煩解釋一下盯上我的理由，和幕後主使者。」

「抵抗也沒用。請把放在胸前的手抽出來，雙手舉高。」

「……知道了。」

格蕾特小姐聽從我的指示，慢慢將手從胸前伸出來，指間卻夾著一小顆魔石。

我立刻將魔石擊向空中。

「火焰的魔法陣……爆炸系嗎？雷烏斯！」

「好！」

魔石被天狼星少爺的「衝擊」彈飛，再撞到雷烏斯揮出的劍砸破窗戶，於旅館上空引發大爆炸。

雖然不小心打破了窗戶，總比把室內炸毀來得好吧。

「不曉得是自殺用還是誘敵用，總之妳反應挺快的，艾米莉亞。」

「不，我還有待磨練。」

因為我的注意力被剛才的騷動吸引，導致格蕾特小姐逃掉了。

小刀上沾著格蕾特小姐的血，推測是靠蠻力掙脫我抵住頸部的小刀，稍微被割到了。

格蕾特小姐似乎已從破掉的窗戶逃向屋外，動作快的話還追得上……

「不好意思，天狼星少爺，可以讓我去追那個人嗎？」

「以妳現在的實力應該不會有問題，但千萬別大意。」

「是，交給我吧！雷烏斯，保護好天狼星少爺喔。」

「喔！姊姊也要小心。」

我慢了幾秒跳出窗戶，格蕾特小姐已經翻過王狼館周圍的圍牆。速度比想像中還快，不過還追得上。就算跟丟，我已記住妳血的氣味，絕不會讓妳逃掉。

我發動「增幅」，將體能提高到極限，乘風高高躍起，在用「空中踏臺」製造出的臺階上跳躍，往格蕾特小姐逃走的方向加速。

和天狼星少爺與菲亞小姐不同，我無法一直飛在空中，可是……

「論速度我是不會輸的！」

我接著用魔法減少空氣阻力，像破空的箭矢般不斷飛行，大幅縮短跟格蕾特小姐之間的距離。

她特地選擇無人的後巷和死角多的小徑，試圖甩掉我，可惜她錯了。聞味道就能馬上鎖定她的位置，況且跟沿著路奔跑的格蕾特小姐不一樣，我可以從空中直線逼近。

我追過在狹窄的巷弄裡奔跑的格蕾特小姐，藉由風減速下到地面，擋在她面前。

「!?為什麼……？」

「怎麼能讓企圖對天狼星少爺出手的妳逃掉！」

「說得……也是。」

妳那麼敬愛梅雅莉大人，想必不需要我說明吧？換成是妳，應該也絕對不會讓對方逃脫。

格蕾特小姐大概是感覺到我的怒火，判斷逃不掉了，舉起刀子進入備戰狀態。

我很想立刻讓她失去戰鬥能力抓住她，但在那之前，有件事必須問清楚。

「格蕾特小姐，請妳告訴我。為什麼……要盯上天狼星少爺？」

「……為了梅雅莉大人。」

「那就奇怪了。雖說天狼星少爺在不知情的狀況下，教了梅雅莉大人魔力的使用方式，我實在不覺得這有嚴重到要暗殺他。」

「不是的，他配不上梅雅莉大人。因為他會成為…………的阻礙。」

「無論如何，妳不覺得應該先好好談談嗎？竟然採取這種粗暴的手段，未免太輕率了。」

「我沒有錯！」

這句話簡直像講給自己聽的。格蕾特小姐原本是難以捉摸感情的人，現在的她明顯不對勁。

總之，從格蕾特小姐剛才說的話判斷，想必有人因為天狼星少爺跟梅雅莉大人過從甚密而感到困擾。我觸碰鑲在頸鍊上的魔石回報現況，將格蕾特小姐的狀態告知天狼星少爺。

「……就是這樣。格蕾特小姐感覺心不在焉，不如說，有些出自她口中的話並不是在對我說的。」

『我也這麼認為。看起來像被人操縱，但她本人又還保有意識的樣子。或許是靠暗示左右了她的思考模式。』

「暗示嗎……」

我們剛被天狼星少爺拯救時，他也曾用暗示逼我們入睡，好讓我們休息。

若天狼星少爺的推測沒錯，搞不好格蕾特小姐其實不是壞人。這樣的話……

「天狼星少爺，格蕾特小姐她……」

『我知道，妳想幫助她對吧？我也很在意，沒道理阻止妳。照妳的意思去做吧。』

「謝謝您。」

『我姑且通知莉絲和菲亞一聲，千萬別勉強自己。妳平安回來最重要。』

是……您都把事情交給我處理了，我一定會全力以赴，回到您身邊。

光是想到要回報他的信任，體內就湧出無限的力量。

「妳在說什麼？難道是在……回報現況？」

「還有心情關心這個呀？我們不會對妳怎樣，可以的話，希望妳主動投降。」

「只要還有機會逃掉，我就不能這麼做。剛才有三個人所以沒辦法，只有妳一個的話，我還應付得來。」

這句話八成不是虛張聲勢。

天狼星少爺都叫我別大意了，我也認為格蕾特小姐還藏著可以逆轉戰況的手段。

「只要妳不妨礙我，我就不會動手。所以……讓開。」

「我明白了。那麼……」

我絕對不會原諒她想暗殺天狼星少爺，不過不管理由如何，格蕾特小姐去世的話，梅雅莉大人肯定會十分難過。

梅雅莉大人難過，天狼星少爺也會受到影響。因為他是即使只有一次，凡是曾經教授過的對象，就會將對方放在心上的溫柔主人。

為了掌握包含我在內，沒有人會迎接悲慘結局的未來……

「我會拿出全力，在不傷害妳的前提下抓住妳。」

我該做的只有全力以赴。

我和格蕾特小姐在走幾步就會撞到牆壁的狹窄巷弄中，持小刀對峙。

好了……決定活抓她是沒問題，不過地點可能有點糟。

對於一面乘風快速移動，一面戰鬥的我來說，這裡太過狹窄，不方便行動，魔法也因為會波及周圍的建築物，不能亂用。

不過無論處在什麼樣的場所及狀況，最重要的都是要激發自己的全力，這是我至今以來學到的。

我想起天狼星少爺的戰鬥方式，發動「增幅」，射出控制過力道的「風彈」衝向前。

「魔法本身的速度是很快沒錯，可惜路線太單調了。」

我留意著不要破壞四周的民宅及牆壁，射出四顆風彈，格蕾特小姐往旁邊跳開，把手伸進胸前。

如我所料，她想避免近身戰。聽說像格蕾特小姐這種以暗殺為目的的人不需要力量，只要有能抓準機會殺掉目標的能力及技術就足夠，所以通常會想避免正面迎敵。

儘管無法確定格蕾特小姐是否屬於這類型，從她試圖跟步步逼近的我保持距離這一點來看，對方似乎不想跟我近身交鋒。

我分析著敵人，準備使用下一招魔法，這時格蕾特小姐對我扔出一顆小石頭……

「……咦？」

「同一招對我不管用。」

小石頭——魔石被我迅速召來的風吹向高空，在遙遠的上方燃燒爆炸。

雖然消耗了一些魔力，那顆魔石在地上爆炸的話會波及周遭，也有可能害我跟丟格蕾特小姐，我想這應該是最恰當的應對方式。

「我從來沒看過那麼快又精準的魔法。」

「謝謝稱讚。可是只要經過訓練，誰都做得到，而且有比我更厲害的人喔？」

換成莉絲和菲亞小姐，大概能用水或風包覆魔石，硬是限制住爆炸的威力，讓魔石消滅。我邊說邊一口氣衝到格蕾特小姐身前，瞄準她的手臂斬下小刀。

格蕾特小姐用小刀擋掉我只是為了消耗她的力氣，而非造成致命傷的攻擊，朝我的手臂刺出不知何時握在另一隻手中的小刀。

這一擊是在非常勉強的狀態下使出來的，所以不難躲開。

本想在命中的前一刻再躲，順勢出招，我卻大幅度地側身閃開，放棄了反擊。

「啊!?」

「果然嗎？」

格蕾特小姐的前臂在我閃躲的同時射出好幾根鐵串，貫穿我剛才所在的位子。

如果我選擇擋住小刀，只以最小的動作閃躲，搞不好會被鐵串刺中。

「……妳怎麼知道？」

「我看妳的手臂有不自然的突起處，推測可能藏有什麼機關。」

平時與天狼星少爺對打的主要目的，在於累積各種戰鬥經驗，而不只是提升技術。

再加上天狼星少爺進攻時會隨機變更戰術，現在的我面對不規則的動作和意想不到的攻擊，多少有辦法應對。

拜其所賜，格蕾特小姐藏起來的武器……天狼星少爺稱之為暗器的武器我也早已預料到，成功迴避。

「那這樣如何？」

略顯驚訝的格蕾特小姐與我拉開距離，從腰間拔出好幾把小刀同時射出。

數量……共四把。

我用小刀彈開其中一把，閃掉其他三把後扔出小刀回擊，不過以這個距離，果然輕輕鬆鬆就被躲掉了。

「瞧妳閃得那麼遠，以妳的實力，在被擦到的前一刻閃開就行了吧？」

「挑釁我也沒用。妳的小刀和針上……塗了什麼東西吧？」

天狼星少爺教過我……絕對不可以直接承受暗殺者的攻擊。

因為他們為了放倒目標，不只會靠偷襲或封住敵人的動作，還經常使用毒物。

事實上，格蕾特小姐的小刀和飛刀有股討厭的氣味。上頭肯定塗了毒。

不曉得是不是我說中了，反手握住小刀的格蕾特小姐，整個人的氣息明顯變了。

「本來想盡量不殺人的，對象是妳的話果然有難度。」

「想盡量不殺人嗎……有這種想法的妳，為什麼會做這種事？妳自己應該也發現這樣很奇怪了吧？」

「一點都……不奇怪。那個人會對梅雅莉大人造成不良影響。我沒有錯。」

「還是沒改變想法嗎？」

我也切換心態，左手拿著數把飛刀，擺好架式，格蕾特小姐像野獸一樣趴在地上，露出笑容。也就是說，重頭戲現在才開始。

「妳跟得上我的速度嗎？」

她講完這句話就消失了，與此同時，右側的牆壁傳來碰撞聲，我反射性揮出小刀，與踢擊牆壁、從側面進攻的格蕾特小姐手中的小刀撞在一起，擦出火花。

我立刻抬腿側踢，可惜格蕾特小姐在與我交刃的瞬間就拉開距離，導致我來不及追擊。

「原來如此。我之所以那麼容易就追上妳，是被妳引過來的。」

「嗯。妳太晚發現了。」

她八成相當擅長在狹窄的空間作戰，用兩側的牆壁當踏板，不受拘束地在空中移動，難以掌握正確位置。

速度不及伊莎貝拉大人，因此連我都勉強來得及防禦，反擊卻總是揮空。

「唔……真難纏。」

「防住我每招攻擊的妳，沒資格講這句話。那……接下來換這個。」

她隨即扔出一個小袋子，在腳邊裂開，周圍頓時被白煙籠罩。

我停止呼吸，迅速發動「疾風」吹散煙霧，到處都看不見格蕾特小姐。我不認為她會逃走，推測是躲在某個地方伺機而動。

就算想靠鼻子聞，煙霧的氣味又會干擾嗅覺，聞不出確切位置，於是我順從直覺，將左手的飛刀全數擲出。

「……可惜。」

然而，飛刀只是深深刺進周圍的牆壁，沒能射中格蕾特小姐。

格蕾特小姐沒有放過這個機會，緊逼而來。我試圖向後跳開，跟她保持距離，她卻往我閃躲的方向扔了小刀，逼得我停下腳步。

「別想逃。」

她趁我停下來的瞬間逼近，射出當成暗器的鐵串，我雖然用右手的小刀彈開了，格蕾特小姐真正的攻擊似乎是另一隻手中的小刀。

因為失去平衡的關係，想閃也不好閃，格蕾特小姐露出自信的笑容，不過……

「……咦!?」

她突然驚呼出聲，表情轉為驚愕。

因為她正準備揮下的手臂，卡在空無一物的空間中，會驚訝很正常。

格蕾特小姐如果處在冷靜的狀態下，應該看得見吧。

從我的左手伸出的無數條線狀魔力……「魔力線」，跟刺進周圍牆壁的小刀連接在一起。

沒錯……格蕾特小姐的手臂之所以停住，是因為勾到空中的「魔力線」。正因為在狹窄的小巷中，利用天狼星少爺教的「魔力線」設置的陷阱，才能完美發揮效果。

「為什麼……唔!?」

「太遲了。『風衝擊』。」

動作受到妨礙導致她亂了手腳，我抓住這致命的破綻一口氣接近，左手放在格蕾特小姐的腹部前方使用魔法。

幾乎在零距離狀態下釋放的風衝擊，震得格蕾特小姐用力撞上背後的牆壁。牆壁被撞出無數道裂痕，我想她短時間內大概站不起來。

不過她似乎還有意識，將顫抖著的右手伸入懷中。

「!?休想！」

我馬上衝到她面前揮出小刀，砍斷她的右手腕。

雖說是因為情況緊急，我莫名覺得格蕾特小姐的右手不太對勁，所以對於砍斷她的手沒有太大的抵抗。或許也是因為我懷著「有需要的話，可以請天狼星少爺幫她把手接回去」這種天真的想法。

「對不起……大人……」

「我會試著拜託天狼星少爺盡量把妳治好。妳放心睡吧。」

我接著由下往上朝她的下巴一拍，這次她真的昏了過去。

同一時間，被我砍飛的右手拿著的魔石掉在腳邊，看來我靠蠻力阻止她是正確的。這顆魔石恐怕刻著跟剛才一樣的爆炸魔法陣。

「雖然有很多問題，之後再煩惱吧。」

除了不想被人看見外，要將斷掌接回必須抓緊時間。

我迅速幫格蕾特小姐止血，回頭一看，莉絲已站在不遠處，用水將飄在空中的斷掌保護起來。北斗先生和菲亞小姐當然也在。

「辛苦了。手交給我保管吧。」

「嗷！」

「詳細情形我不清楚，不過北斗好像也在誇獎妳。我聽天狼星大致說明過了，現在最好快點回去。」

「是的。有莉絲的幫忙，短時間內應該不會有問題，但還是趕快把手掌接回去比較好。」

她明明是企圖殺掉我最重要的主人的刺客，我卻沒取她性命，還想請天狼星少爺為她治好被我砍斷的右手，是我太天真了吧。

可是不管對方是誰，手最好都要留著。

因為雖說我們敵對過，還不能確定格蕾特小姐是真正的敵人。

比起為自己沒做的事後悔，我更想為自己做過的事後悔。

我會有這種觀念，也全是多虧天狼星少爺的教導。

「那趕快回去吧。北斗，可不可以幫我載她？」

「嗷！」

接著，我們將昏倒的格蕾特小姐放到北斗背上，回到有天狼星少爺在等待的王狼館。

——天狼星——

艾米莉亞她們回來後，我們共享了情報……今天二度來到亞比特雷城。

由於天色已暗，我還在擔心會不會進不了城，門衛卻乾脆地放我們從正門進去。

「因為不只百狼大人，伊莎貝拉大人也承認了各位。」

伊莎貝拉雖然話不多，如此強大的人物影響力自然也大。看來以後就算北斗不在，我們也可以直接進城。

我拜託前來接待的士兵通知獸王我們有急事，在傭人帶我們來到的房間裡等候。

從位於城堡三樓的重要人士用的房間看出去，可以看見我們用來比賽的擂臺，以及城堡後方的廣闊森林及群山。雖然因為太暗的關係看不清楚，那座山和森林似乎挺大的。

我坐在椅子上，看著戶外的景色靜靜等待，獸王帶著馬克達特出現。

我本來打算如果馬克達特沒來，要請人去叫他，這樣演員就到齊了。

獸王與馬克達特起初一臉疑惑，不過大概是從我們散發出的氛圍察覺到情況非同小可了，兩人面色凝重地坐到我們對面。

「怎麼來得這麼突然，發生了什麼事嗎？」

「是的。在我說明前，想請您支開其他人。我認為這件事該私下解決。」

「……行。」

「我也該離開嗎？」

「不，馬克達特先生可以留下。」

獸王似乎對我的要求感到疑惑，但他依然命令待在房內的傭人離開，大概是因為對我們心懷愧疚，無法輕易拒絕。

房內只剩下我們幾個和獸王與馬克達特後，終於可以進入正題。

「這樣就行了吧。我再問一次，各位在這個時間來訪，到底有什麼事？」

「剛才發生了不能無視的問題。簡單地說，有人想暗殺我。」

「你說什麼!?」

「犯人已經抓到了。雷烏斯。」

「喔!」

雷烏斯將從旅館抱來的大袋子放到地上打開，獸王及馬克達特驚訝地瞪大眼睛。

「格、格蕾特!?」

「這……究竟是？為何我的部下會……難道!?」

「如您所料。她企圖暗殺我，我迫於無奈，只好將她抓住。」

雙手雙腳被綁住的格蕾特已經醒來了，卻因為嘴巴被堵住的關係無法說話。她明白在北斗跟雷烏斯的監視下不可能逃得掉，別過頭以逃避獸王銳利的視線。

「此話當真？」

「說謊對我們沒好處，況且如果我們真的居心不良，會採取更有效的手段。」

明天起我就要開始幫梅雅上課，若我真的有什麼要求，挾持梅雅當人質就行了。拿區區一名護衛騙人應該有點缺乏威脅性，一國之君照理說不會不明白。確認我們身上沒有明顯的外傷後，獸王先是鬆了口氣，她的上司馬克達特卻手腳大亂，激動地對獸王說：

「獸王陛下，請等一等！我的部下不可能會做這種傻事！」

「她一直說是為了梅雅大人。詳細的理由我不知道，搞不好是對於我當梅雅大人的導師有意見。」

「你該不會是被她的美色誘惑，想對格蕾特出手吧？」

「夠了。我很想相信你和格蕾特，但我也明白他們沒道理要這種小伎倆。總之先問問格蕾特吧。」

獸王走向格蕾特，想先聽聽本人的說法，格蕾特只是低著頭，彷彿放棄了一切。看到她遲遲不肯開口，獸王不禁嘆氣，這時馬克達特低著頭站到兩人之間。

「獸王陛下，方便讓我跟格蕾特談嗎？」

「……行。」

馬克達特蹲在格蕾特面前，取下堵住她嘴巴的布，溫柔地詢問：

「格蕾特‧利可耶爾，回答我的問題。」

「……是。」

「妳企圖暗殺天狼星嗎？」

聽見馬克達特的問題，格蕾特抬起頭，兩眼無神，靜靜點頭。

「……是的。我……企圖暗殺天狼星。」

「妳承認那是妳個人的行為，是為了梅雅莉大人做的？」

「是的。是我為了梅雅莉大人，自己要做的。」

格蕾特立刻乾脆地招供，馬克達特愁眉苦臉地抱住頭。

「怎麼這麼傻。獸王陛下，您也聽見了，看來是格蕾特的獨斷專行。」

「沒能阻止失控的部下，我之後再跟你好好談談。格蕾特，被嫉妒沖昏頭的妳做了不該做的事。我姑且一問，妳可還有什麼辯解之詞？」

「不。她做了這種事，只能以死謝罪。格蕾特・利可耶爾，若妳無法承擔自己的罪孽，就拿出自我了斷的覺悟！」

「冷靜點，馬克達特。不必做到那個地步。」

獸王還沒阻止，格蕾特就微微張開嘴，準備咬舌自盡。

我們只是低頭看著她，連活捉她的艾米莉亞都不為所動。

因為……

「……我做不到。」

我們知道格蕾特會拒絕。

無論罪孽多麼深重，人類都會畏懼死亡，因此格蕾特的反應可以說合情合理。

馬克達特反應卻相當激動：

「妳、妳以為這種幼稚的理由有用嗎！格蕾特・利可耶爾……妳犯下滔天大罪！以死謝罪再正常不過吧！」

「不要。要死的話我想為梅雅莉大人而死，犯了罪是必須活著贖罪的。」

「格蕾特・利可耶爾！妳──」

「沒用的，馬克達特先生。」

馬克達特再三呼喚她的名字，我打斷他說話，替格蕾特鬆綁。獸王也為這個行為大吃一驚，然而格蕾特不僅沒有逃跑，甚至乖乖留在原地。

「她再也不會聽你的命令了。把罪名統統推給格蕾特，逼她自戕……如我所料，你想湮滅證據對吧。」

「湮滅證據？你、你在說什麼。格蕾特是自己認罪的吧？」

「她只是重複一遍你說的話罷了。是我叫她這麼做的。」

簡單地說，為了測試馬克達特的反應，我叫格蕾特演了這齣戲。

而馬克達特徹底中計了，我才能得知他的本性。

我無視還想回嘴的馬克達特，將手掌對著待在附近的格蕾特，對獸王說道：

「獸王陛下，剛才的拒絕和她接下來說的話，才是格蕾特的真心話。可否請您聽完後再下判斷？」

「嗯……雖然我現在一頭霧水，終究要問過所有人的意見。說吧，格蕾特。」

「謝謝您。我……確實對天狼星動手了。那是事實，所以我會好好贖罪。然而我之所以想殺掉他，是因為馬克達特大人讓我以為，他是會危害梅雅莉大人的敵人。」

「格蕾特‧利可耶爾！給我閉嘴！」

「……讓妳以為他是敵人，甚至想殺了他？說起來簡單……」

「不單只是用說的。是更加深度……旁人看來明顯有異，本人卻覺得那是理所當然的技術。」

複雜的狀況令獸王面露疑惑，因此我詳細說明了我差點被殺時的情況，以及格蕾特身上發生了什麼事。

事情發生在數小時前……格蕾特暗殺失敗，落荒而逃的時候。

王狼館的老闆聽見魔石在空中爆炸的聲響，急忙趕過來。我好不容易騙過他讓他回去，收拾完窗戶的碎片時，艾米莉亞她們帶著格蕾特回來了。

在整理好儀容的艾米莉亞和夥伴們的注視下，我用「魔力線」將躺在床上的格蕾特的血管一根根連接起來，把她的右手接回去。

之後再請女性組幫忙搜她的身，綁住她防止掙扎，這樣就不用擔心她突然醒來襲擊我們了。當然，我還派北斗在附近待命，就算她想搞鬼，應該也有辦法瞬間制住她。

「十分抱歉，害您得多費心力。」

「別在意。妳的判斷是正確的。」

儘管我疲憊不堪，不只身體，精神也快撐不住了，我依然專心繼續為她治療。差不多花了一小時左右吧？重要的血管及骨頭全部接上後，就輪到莉絲出馬。

「辛苦了。剩下只要跟平常一樣，把傷口治好就行了吧？」

「對。我會配合妳拆線，麻煩妳專心治療。」

最後再讓莉絲治好血管及骨頭，配合她消去「魔力線」，就能徹底接好斷掉的部位。

順利處理完後，我喝著艾米莉亞泡的紅茶稍事休息，雷烏斯看著格蕾特的睡臉咕噥道：

「我不能原諒格蕾特小姐做過的事，但她為什麼想殺大哥啊？」

「問她她也只會說是為了梅雅，不是嗎？從獸王一家和城裡的人的反應來看，果然是因為關心梅雅才失控的？」

「說什麼天狼星前輩會對梅雅造成不良影響，有點太過分了。我可以理解他們不信任認識沒多久的人，可是為什麼會有這種想法呢？」

「無論如何，只能把人帶到城裡，看看對方的反應了。可是在進城之前，我有件事想調查一下。」

事情都處理完，只需要等格蕾特醒來時，我拿起放在桌上的手環。

「那是格蕾特小姐戴在身上的手環對吧？」

「對，戴在斷掌上的。我摸過後覺得這東西不太對勁。」

「嗯……以裝飾品來說，它給人的感覺怪怪的。難道是那個手環害格蕾特小姐做出這種事？」

「可能性很高，但無法斷定。只不過……不太對勁。至少這東西沒在釋放魔力，似乎也沒有從外面接收什麼訊號……嗯？」

我拿起手環調查，發現內側刻著精細複雜的魔法陣。

雖是從未見過的魔法陣，我更關心的卻是其他東西。

總覺得……今晚會有很多事要做。等這起事件落幕，我打算讓感覺敏銳的北斗陪在床邊，好好睡一覺到天亮。

「沒想到會在這種地方看見。」

「那個手環怎麼了嗎？你好像有頭緒。」

「嗯。不至於連效果都知道，但我確定這東西是跟師父有關的魔導具。」

刻在手環內側的魔法陣角落有個記號，證明這個魔導具是出自師父之手。

師父說她還沒成為聖樹，而是以一名妖精的身分環遊世界時，基於好玩的心態製造了各種魔導具，這應該就是其中之一。

不過師父的魔法陣太過獨特，我看不出效果，無法證明格蕾特是被它操縱的。

因為至今以來，我找到了許多師父的魔導具，其中大多數都沒什麼用。

所以……

『唔，確實是我做的。』

我們來到戶外，將師父的小刀刺進地面，直接詢問本人。順帶一提，北斗留在屋內監視格蕾特。

『可是我想不太起來那東西的效果。因為我做了一堆手環型魔導具。』

「妳想不起來的話，頭痛的是我們耶？」

本來就已經沒錢了，跟妳說話又要用掉一顆魔石，成本真的很高。其實這也是我們快要沒錢的原因之一。

而且一群人盯著刺在地上的小刀，看起來真的很詭異，我想盡快搞定這件事。

『嗯……我好渴，想不起來。』

「……艾米莉亞。」

「是的。這次我用了在這邊採到的茶葉，請您嘗嘗看。」

『那還真令人好奇。嗯……有那麼一點澀，不過還不錯。跟其他茶葉混沖或許會很搭。』

艾米莉亞將泡好的紅茶倒在小刀上，師父愉悅的聲音在腦內響起。

不管看幾次，這個畫面都神祕又詭異。

『再來一杯！』

「還想喝的話給我快點想起來。」

『拿你沒辦法。讓我仔細看看那個手環。』

我湧起一股想折斷小刀的衝動，將格蕾特的手環湊近師父。

『唔……這個魔導具會讓配戴者進入催眠狀態……容易下暗示的狀態。』

「也就是增幅裝置嗎？這樣的話，代表有人在對格蕾特下暗示。」

「殺掉天狼星是為梅雅好。暗示內容八成是這個吧？」

『噢，我還想起來另一件事。記得我做這個魔導具的理由，是有個白痴說紅茶不是給人喝的東西，我為了下暗示逼他吞下去才做的。哎呀，沒想到會被用在這種地方上……哈哈哈！』

呃，包含理由在內，這一點都不好笑吧。

不過知道師父沒有把魔導具用來做這種壞事，我依舊挺高興。魔導具也好，武器也罷，到頭來都要看人怎麼使用。

「對了……雖然因為太小聲的關係，我聽不清楚，她好像還有提到其他人的名字。」

「通常應該是對她下暗示的人。格蕾特小姐的行為是不能原諒沒錯，但那個人更過分。」

「不曉得那傢伙是誰，我要把他揪出來砍了！」

「好了好了，我能理解你們的怒火，可是別那麼激動。尤其是雷烏斯，只要冷靜一想，就大概猜得到犯人了吧？」

聽說有不少人對於我去當梅雅的老師有意見，但能和格蕾特有深入接觸的只有寥寥數人。

從現在的狀況判斷，最可疑的是他，可是我們還沒講過幾句話，現在斷定為時尚早。

總之必須直接去見他，親自判斷。

就這樣，我們結束跟師父的對話，回到屋內，將手環戴在仍在沉睡的格蕾特手上。

然後在她醒來的同時使用師父告訴我的啟動碼，發動魔導具，解除格蕾特中的暗示。

暗示結束，恢復正常的格蕾特，意識到自己犯下的罪有多麼嚴重，立刻向我們下跪。不僅如此，她還說要用身體贖罪，開始脫衣服。

在女性組的制止下，總算平息這場騷動，等大家安靜下來後，我好好跟格蕾特談了一遍。

「妳的處分我打算之後再決定。但如果妳想多少補償我一些，有件事想請妳幫忙。」

「……我明白了。只要是我能做到的，我什麼都願意做。就算被判死刑，我也想為梅雅莉大人活久一點。」

為了順利引出犯人的本性，之後我們討論了一下，設了幾個陷阱，才來到城內。

「……就是這樣。魔導具導致她意識不清，被他灌輸虛假的情報。是我稱之為暗示的手段。」

簡單地說，格蕾特被當成棄子了。

暗殺成功的話，就能除掉礙事的我。就算失敗，只要命令她自殺即可湮滅證據。

聽完我簡略的說明——師父的部分我隨口帶過去了——獸王點頭表示理解。

「原來如此，仔細一想，確實挺可疑的。」

「剛才他不是叫了好幾次格蕾特小姐的名字嗎？連著她的家名一起叫。」

「意思是那個家名就是暗號？」

他呼喚格蕾特時提到的「利可耶爾」並非家名，而是讓她進入接收暗示的狀態的魔法陣啟動語。

順帶一提，手環的魔法陣已經被我破壞，他喊幾次都不會發動。

聽完我的說明，犯人馬克達特一語不發，眾人的目光都集中在他身上，他卻只是面無表情站在原地。

「馬克達特啊，他們的說法非常有說服力，你能否定嗎？」

「……不，我無話可說。我從來沒想過我的計謀會被徹底揭穿，反而想稱讚他們幾句。真的很有趣。」

遭到獸王的逼問，馬克達特表現出放棄掙扎的態度，臉上卻浮現愉悅的笑容。

這個氣息……看來我猜得沒錯。

「非常抱歉，獸王陛下。全都跟他們說的一樣，我因為指導梅雅莉大人的資格被他搶走，覺得很不甘心，出於嫉妒──」

「別演了。」

馬克達特開始認罪自白，卻被我打斷。

看我突然講這種話，夥伴們跟獸王都面露疑惑，我不予理會，瞪著馬克達特接著說道。

「……天狼星少爺？」

「大哥，你怎麼了？」

「不是因為嫉妒吧？我不知道什麼方法不只能改變身體，還能改變魔力，但那注視獵物的獨特氣息，似乎沒辦法改變啊。」

「你到底在說什麼？」

他怎麼看都是隨處可見的人族男性，不過一瞬間露出的笑容使我確信了。

一年前……那是在那場戰鬥中逃掉的唯一存在，我不可能忘記。

「看來被我射中的傷，傷得挺深的？」

聽見那句話，馬克達特——不，謎之存在露出醜惡的笑容。

一年多前……雷烏斯的戀人及摯友所在的城市帕拉多，受到大群魔物襲擊。我們當時也在場，再加上雷烏斯及村民們的努力，成功擊退了魔物，但那次的襲擊明顯有鬼。

正常情況下不可能發生的各種魔物共同行動的情況，還有不可能自然誕生的、彷彿將多種魔物硬是融合在一起的合成魔獸（奇美拉）。

事後我得知，是那隻合成魔獸召來了魔物群，那場魔物侵襲是由人刻意引發的。

成為決定性關鍵的……是我在途中發現的神祕女子。

她看起來像在遠方觀察合成魔獸的結果，因此我反射性射出「麥格農」……結果差了一點沒能造成致命傷，被她給逃掉了。

而那個逃走的獵物，就是眼前這名自稱馬克達特的男子。

然而那已經是一年前的事，馬克達特的魔力反應也和她不同，甚至連性別都相反。

不過……那發自內心感到喜悅，彷彿在看待白老鼠的視線，我不可能認錯。

「事到如今，別以為瞞得過我。我要你把你知道的全招了。」

眾人紛紛進入備戰狀態，大概是馬克達特散發的氛圍轉變太大，將他視為敵人了。

跟他關係匪淺的獸王及格蕾特為這個狀況感到困惑，慢慢遠離馬克達特。

「你……是誰？你不是馬克達特大人。」

「妳在說什麼啊，格蕾特。我是馬克達特沒錯啊。」

「少裝了，馬克達特才不會露出那種笑容！真正的馬克達特跑哪去了！」

「我不是說我就是馬克達特嗎？哎，你們想見的馬克達特現在在睡覺就是了。」

面對兩人的殺氣，馬克達特顯得滿不在乎，語氣變得截然不同，看來他不打算再隱藏本性了。

雖然不知道他為何有辦法那麼鎮定，就算他想逃，獸王正擋在房間唯一的門前面，想突破防線沒那麼簡單。若他打算破窗而逃，這次我一定要用「麥格農」射穿他。

但敵人的真面目尚未明瞭，隨便發動攻擊也有危險。

我觀察情況，想多收集一些情報，他拉過手邊的椅子坐到窗前。

「少胡說八道打馬虎眼了。不快點招供的話，小心我來硬的喔？」

「請稍等，獸王陛下。這個人說不定真的是馬克達特先生。」

「……什麼意思？」

「身體確實是馬克達特先生的，不過有可能是其他存在正在操縱他。」

外表是平凡的男子，透過「探查」偵測到的魔力反應，也跟上次那名女性明顯不同。可是在這個國家遇到他後，我感覺到好幾次視為自然範疇也不奇怪的魔力混亂現象。

也有可能是雙重人格，可是這個說法無法解釋魔力波長為何不同。

直接觸碰他發動「掃描」，或許能查得比較清楚，不過看他的本性及那異常的笑容，幾乎可以確定了。

聽見我近似確信的推論，馬克達特不僅沒有收起笑容，甚至大笑出聲。

「呵呵……啊哈哈哈哈！只能說你厲害了。你說得沒錯，我是附身在獸王他們認識的馬克達特身上的存在。」

「承認得挺乾脆的嘛。」

「因為被發現對我來說也沒有影響。是說你真的讓我嚇了一跳。沒仔細調查過，虧你有辦法得出這個結論。」

他對我投以誠心感到佩服的眼神，我卻一點都不高興。

除了上輩子的經驗外，還有師父、聖樹、會說話的小刀……雖然類型十分不平均，我見識過許多超出常識的存在。有像幽靈一樣能附身在別人身上的東西並不奇怪。

「這不重要吧？順便問一下，馬克達特先生本人還保有意識嗎？」

「我出來的期間他只是在裡面沉睡罷了，不必擔心。其實身體主人的意識只會礙手礙腳，但為了騙過其他人，這是必要的。」

「混帳東西……」

他那簡直像在把人當道具看的態度，令獸王開始散發殺氣。

事後我才知道，馬克達特似乎是城內的老班底，對獸王而言是摯友兼諮詢師，他會生氣也很正常。

獸王的殺氣之強烈，連無關的我都差點縮起身子，眼前的存在卻泰然自若地坐在椅子上。

「我確認一下，你就是當時逃走的那傢伙對吧？」

「嗯，你那一擊把我傷得超重的，連身體的動作都變遲鈍，害我傷透腦筋。不過我因此有機會接近這個男人，反而該感謝你吧？」

「襲擊兩座城市，把魔物聚集起來做出那隻無聊怪物的，也是你沒錯？」

「哼！沒錯，但我要更正一點。那不是什麼無聊的怪物，是我偉大的作品之一！」

自己的作品被人說無聊，他的反應十分激動，大概是有某種堅持。

製造出搞不好會毀滅一整座城市的生物，卻一副「那又如何？」的態度，毫無反省之意。

是所謂的瘋狂科學家常有的那種，只關心自身作品的棘手類型吧。

「告訴你我的名字，獎勵你發現我的身分吧。我叫貝爾弗德，偉大的研究者，超越死亡的存在。」

貝爾弗德站到椅子上展開雙臂，彷彿沐浴在聚光燈下。

不只他的底細，連名字都隨口就說出來了，我卻對他的名字一點印象都沒有。還有，他最後說的超越死亡的存在是什麼意思？

「大哥，那傢伙在說什麼啊？死了不就什麼都沒了嗎？」

「對呀。所以我們才會盡全力活著。」

姊弟倆說得沒錯，不管是誰都一定會有迎接死亡的一天。

就算是存在原理不明的魔法世界，也沒有能逃離死亡的手段。

所以我很想叫他不要胡說八道，可是面對附身在他人身上的存在，講什麼搞不好都沒有意義。

另一件令人在意的事是，那傢伙為何潛伏在這個國家的中樞。

「所以，超越死亡的貝爾弗德先生操縱人類的身體有何目的？」

「哎呀，反應真冷淡。你對長生不死沒有興趣嗎？」

「你……明白現在是什麼狀況嗎！你在這個國家幹了什麼好事，給我快點從實招來！」

「喔喔，好可怕好可怕。沒辦法，當作特別服務告訴你吧。」

不只我們，北斗和格蕾特也在場，貝爾弗德卻依然從容不迫。

他反而喜孜孜的，像在召開發表會一樣開始說明。

「我待在這的理由是為了實驗。之前的地方不能用了，我在尋找新的實驗地點時晃到這個國家，然後發現有趣的實驗體。」

「實驗體……難道!?」

「沒錯。就是你們那位最可愛的梅雅莉小妹妹。」

「梅雅莉大人才不是實驗體！你為什麼……盯上了她？」

「一直陪在她身旁的你們，想必不會明白。不過，身為冒險者的你們幾個就看得出來了吧？」

「……嗯。」

雖說是因為曾經中過毒，梅雅受歡迎的程度高到僅僅是魔力枯竭，就讓城裡的獸人亂成一團。

而這傢伙在帕拉德製造的，是不僅會讓周圍的魔物陷入亢奮狀態，還會吸引魔物的合成魔獸。

兩者之間的共通點是……

「那孩子擁有能迷住獸人的特質嗎？」

「正確答案！那個實驗體擁有會下意識吸引獸人的有趣能力！」

看來梅雅那麼受到喜愛，果然是因為她的特殊能力。

根據滔滔不絕的貝爾弗德所說，梅雅會自然散發吸引獸人的魔力，就跟昆蟲的雌性發出吸引雄性的費洛蒙一樣。

貝爾弗德激動地接著說，如果她長大後學會自由操控這個能力，成為讓所有獸人臣服的女王也不是夢想。

聽見這番話，獸王和格蕾特震驚得瞪大眼睛，貝爾弗德笑著擺擺手。

「哦？兩位該不會嚇到了吧？放心，你們幾個噁心的愛情跟這無關。講好聽一點，就是所謂的親情。」

「你這傢伙給我適可而止！」

「上一具身體超出負荷了，我只好進入這個救了我的男人體內看看，想不到能找到這麼好玩的實驗體。所以我反而很感謝你呢。」

「……我發自內心後悔當時沒把你解決掉。」

我嘖了一聲，為過去的失誤感到懊悔，低著頭站在旁邊的格蕾特似乎想到了什麼，抬起頭來。

「等等……救了你？難道你是之前攻擊馬克達特大人的那個女人？」

「答對了。這男人是那個實驗體的老師，實在非常剛好。雖說是巧合，我真的很幸運呢。啊哈哈哈哈！」

一年多前……貝爾弗德被我的「麥格農」射中，受到致命傷後，穿越大陸抵達亞比特雷。

然而，遭到「麥格農」重創的身體達到極限，他倒在街上時，就是馬克達特救了他。

他趁馬克達特大意時攻擊他，捨棄上一具身體，附身在他身上。順帶一提，上一具身體在他咬住馬克達特的胸口後就失去生命跡象了。

貝爾弗德脫離常軌的發表會仍在持續，彷彿要讚頌自己輝煌的功績。

「雖然比不上我，那個實驗體好奇心也挺旺盛的。她動不動就跑來跑去，害這男人傷透腦筋，我才會幫忙讓她安分一點。」

「是你對梅雅莉下毒的嗎!?」

「喂喂喂，這誤會可大了。我只不過是把食材交給廚師，他自己要拿去用的。所以不是我的錯。不過那傢伙好像完全忘記自己跟我說過話了。」

八成是靠暗示讓廚師忘記他的存在，以及食材裡有毒。

只要知道做法，就算沒有他用在格蕾特身上的魔導具，也有辦法下暗示。使用讓人意識不清的藥物，或是趁對方睡覺時下手，成功率應該會更高。

「本來打算弄瞎她的眼睛，可惜獸人反應速度太快，再加上她的行動力高到近乎失明也有辦法在戶外活動，這點倒是出乎意料。」

雖說早就猜到了，這個人真是壞得徹底。

用不著逼問，他就自顧自說個不停，講的全是沒必要知道的情報和光聽就覺得噁心的事。

虧獸王和格蕾特忍得住……不，他們表情有點凝重。

莫非是在介意自己的疼愛之情，是由梅雅的能力導致的？

表面看來確實不正常，不過從兩姊弟對她的態度來看，梅雅的能力頂多只會讓人產生些許的好感。畢竟之前也有一個明明沒血緣關係，還把艾米莉亞當成孫女、異常寵愛她的爺爺在。

儘管有可能只是聊表安慰，我正想說他們對梅雅抱持的是純粹的愛……卻發現不太對勁。

為何這傢伙毫不隱瞞祕密，一句接著一句？

想炫耀自己的研究成果？

知道逃不掉，乾脆放棄了？

兩者皆有可能，但他會在講到重點時刻意提及我們關心的部分，彷彿在牽制我們的動作。

牽制動作……他不希望我們採取行動。

換言之，目的是……爭取時間？

「抓住他！」

「知道了！」

「嗷！」

「哎呀呀，聊天時間到此為止了嗎？可惜……為時已晚。」

雖然不清楚他的企圖，我有股不祥的預感，決定制住還在說話的貝爾弗德。

獸王見狀，大概也得出了同樣的結論。正當他準備封住包圍網的漏洞時，房門突然開啟。

「唔!?喔喔，來得正好。幫忙抓住那傢伙——你們怎麼了？」

進到屋內的是獸王的家人，伊莎貝拉及奇斯，但他們的神情明顯有異。

伊莎貝拉將睡著的梅雅抱在懷裡，奇斯則拿著他愛用的巨大斧槍。

兩人不僅看都不看疑惑的獸王一眼，還毫不猶豫走到貝爾弗德面前，把梅雅交給他。

「什麼!?伊莎貝拉，妳在做什麼！」

「因為……這是為了梅雅莉好。」

「謝謝兩位把她帶過來。剩下就交給我處理吧。」

「絕對要救她喔。萬一我妹有什麼意外，就算是你我也不會原諒！」

「我當然會全力以赴。只不過，獸王陛下和這幾個人無法接受，企圖阻止我。可以請兩位幫忙絆住他們嗎？」

在我們不知所措時，兩人阻擋在我們面前，挺身保護貝爾弗德。他們沒有釋放殺氣，場面卻開始瀰漫一觸即發的緊張感。

「你們到底怎麼了!?那男人不是馬克達特，是盯上梅雅莉的敵人啊！」

「敵人……是你才對。」

「就算是老爸也休想礙事。我要拯救梅雅莉！」

從這種對話兜不上的感覺和貝爾弗德的笑容來看……莫非他們被下了暗示？但我不認為有此等實力的這兩個人會那麼容易中招。尤其是伊莎貝拉，若有人行跡可疑，或是想對她下藥，總覺得她一定有辦法憑直覺閃躲。

因此我試著觀察兩人，尋找原因，馬上就得出答案。

「獸王陛下，他們和格蕾特小姐處在同樣的狀況。恐怕是被下了將我們視為敵人的暗示。」

「唔……果然嗎？暗示是這麼容易中的東西？」

「不，若對象是直覺敏銳的那兩人，應該不容易。所以請仔細看，您對他們戴在手腕上的東西有沒有印象？」

剛才因為角度關係看不見，現在他們面對著這邊，就能清楚辨識了。

他們手上戴著和格蕾特一樣的手環……魔導具。

「你、你們兩個怎麼戴著那種可疑的東西！」

「大概是疲勞使他們疏於戒備了吧。我只不過是說了那手環可以加快治療速度，又是跟實驗體成對的飾品，他們想都不想就戴上了。」

不知道實情的話，馬克達特是深受信賴的重要部下，被騙也不奇怪……吧。

「本以為魔導具只有一個，是你複製的嗎？」

「因為很方便嘛。我拿原型當參考複製的。」

「……看來非得在這裡解決掉你不可。擁有如此高超的技術和知識，卻熱衷於幹這種蠢事，就更不用說了。」

「辦得到就試試看。話先說在前頭，那兩個人會把我說的話當成絕對的真理，以為實驗體罹患重病，我不把她帶到外面就會沒命。你們有辦法突破如此緊張的這兩人的防線嗎？」

儘管很不甘心，貝爾弗德說得是對的。

那麼珍視梅雅的兩人一旦拿出全力，我覺得非得懷著殺意進攻才有辦法突破。

獸王似乎忍不住了，握緊拳頭大叫：

「不只女兒，竟然還對我的妻兒出手。絕不饒恕！」

「但別看他們這樣，現在可是覺得很幸福喔？為了心愛之人拚上性命……對你們這種類型的人而言，不是美事一樁嗎？」

「說啥鬼話！不管你怎麼說，那樣都是不對的！」

「雷烏斯，你想對梅雅莉見死不救嗎！」

「啊啊，你夠了喔！別輸給什麼暗示啦！」

正因為他們交手過，雷烏斯才會無法原諒奇斯。

我趁雷烏斯怒吼的期間，小聲將情報告知獸王。因為他即使怒髮衝冠，仍未失去冷靜。

「獸王陛下，那兩個人……」

從剛才的對話判斷，這應該是他們第一次中暗示。

據我推測，第一次的暗示效果可能還不夠強，只要給予強烈的衝擊，搞不好能讓他們恢復理智。前提是貝爾弗德沒有繼續干涉。

我迅速將這件事和我的作戰計畫傳達給獸王，獸王點頭贊成。

「內人就由我阻擋吧。格蕾特去尋找那傢伙的破綻，無論如何都得奪回梅雅莉。」

「一定會！」

「天狼星啊，剩下交給你了。竟然得麻煩被牽扯進來的你們收拾爛攤子，我衷心感到愧疚。」

「無須道歉，畢竟有部分原因在於我之前沒有解決掉那傢伙。」

「那麼就算彼此彼此了。小犬可以盡量修理沒關係，不過至少別把人打死。至於馬克達特，既然搞不清楚那個可疑的存在是什麼……我已做好覺悟。在此發誓不管結果如何，我都不會追究你們的責任。」

「我會妥善處理。那麼，按照計畫行事。雷烏斯也聽到了吧？」

「嗯！我要痛扁他一頓，讓奇斯清醒過來！」

剩下的我們負責抓住貝爾弗德，照理說難度不會太高。

我因為疲勞的關係，動作變得遲緩，不過還有可靠的女性組及北斗在，不可能會輸。

雖然不知道貝爾弗德如何附身在別人身上，從他咬住馬克達特這一點來看，不被他碰到應該就不會有事。總之得慎重地進攻。

可是……那傢伙的底牌只有這些嗎？

這兩個人做為援軍是很可靠沒錯，但依舊無法彌補人數差距。而且他在之前做過實驗的羅馬尼歐，沒有留下任何自己的痕跡，這麼謹慎的人在這種狀態下，有辦法露出從容不迫的笑容？

意即他很有可能還藏著什麼。

我如此推測，在發動「探查」的同時聽見北斗吠了一聲，喚起大家的注意。

「嗷！」

「來了！所有人離開窗邊！」

那個瞬間，貝爾弗德背後的窗戶——不，整面牆壁都崩塌了，巨大物體衝進房間。

還沒看清那是什麼東西，牆壁的碎片就朝這邊飛來，我和雷烏斯以武器防禦，女性組則是有北斗靠前腳及尾巴擊落碎片，所以毫髮無傷。

獸王他們看起來也順利防住了，眾人的視線都落在崩塌的牆壁外側。

「唔……那是什麼!?」

「好大……」

那裡有隻目測有北斗數倍大的巨龍……般的存在。

之所以用這種模稜兩可的說法，是因為牠的外觀讓我猶豫該不該稱之為龍。

首先，照理說要反射光芒的鱗片黯淡無光，因此整體看來有點髒，完全感覺不出龍特有的美感。要譬喻的話就是像殭屍那樣外皮剝落、膚質非常差的狀態吧。

在月光照耀下的身體呈現黑色，共有三顆頭。除此之外，每顆頭的顏色都不一樣，跟我之前看過的合成魔獸如出一轍。

在帕拉多看見的合成魔獸，是融合棲息於當地的各種魔物做成的，這次則只有龍一種，該叫牠合成魔龍嗎？

抱著梅雅的貝爾弗德背對合成魔龍，嘴角揚起新月型的扭曲笑容。

「那也是你的作品嗎？」

「沒錯，是我的最高傑作……三頭龍！」

貝爾弗德在說出名字的同時舉起手，名為三頭龍的合成魔龍便發出足以撼動整座城堡的咆哮。

我聽過那駭人的咆哮，發現這跟讓魔物凶暴化的合成魔獸的吼聲類似，迅速發動「探查」廣範圍調查四周。

不出所料，我偵測到無數個反應從有著廣袤森林的群山接近這邊，北斗低吼著戒備。貝爾弗德趁機從窗戶跳出去，騎在三頭龍背上俯視我們。

「等等，你要對我女兒做什麼！」

「這還用問？當然是做實驗啊。之後應該可以玩更多花樣了，真令人期待。」

「你休想！把我女兒還來！」

「……不行。」

「老爸，別礙事！這是為了救梅雅莉！」

獸王想衝向前，卻被伊莎貝拉和奇斯阻止。

貝爾弗德對梅雅這個實驗體異常執著，所以我不認為他會對梅雅怎麼樣，不過從那傢伙的個性來看，他會做什麼都不奇怪。該以救出人質為優先。

本想趁他露出破綻時狙擊，他卻無時無刻都在警戒我，找不到可乘之機，或許是因為他曾經被「麥格農」射中過。

這段期間，一群大型翼龍聚集到三頭龍周圍。數量超過五十，體積將近北斗的兩倍大。

「三頭龍就不用說了，那種龍我也從來沒看過耶。」

「那是棲息在深山的龍，名為林克龍。牠們很少來到人類生活的城市……怎麼會出現那麼多隻？」

「八成是那傢伙騎著的巨大怪物幹的。我以前跟類似的生物戰鬥過。」

「呵呵呵，牠不只會把龍叫過來喔。我拿之前的實驗結果加以改良，讓牠變得不只能召集魔獸，還能下達簡單的命令。」

的確，名為林克龍的翼龍沒有攻擊我們，只是在三頭龍周圍盤旋，什麼都沒做。但就算牠們沒有動作，超過五十隻翼龍在那邊飛，還是會引起騷動。

城裡的人察覺異狀，頓時吵鬧起來，數名全副武裝的士兵發出震耳欲聾的腳步聲衝進房。

「獸王陛下，您沒事吧！」

「獸王陛下在這！叫弓兵隊和魔法隊過來！」

「目前除了城堡有一部分損毀外，沒有任何傷亡！剩下請交給我們處理！」

「我沒事。你們退下。」

「可是獸王陛下，這麼多敵人……」

「那傢伙……由我收拾。你們專心防衛，避免損害擴大！」

「「遵、遵命！」」

獸人們豎起尾巴，逃也似的離開房間，大概是感覺到獸王的怒氣。

獸王的拳頭握得指甲都快掐進肉裡了，對我投以愧疚的目光，我搖頭輕輕一笑。

「現在只需要全力以赴。照剛才的計畫行事吧。」

「……嗯。」

「哦……要跟我打的意思？」

「那當然！管你叫多少隻龍，別以為贏得了我們！」

「這麼有自信是很好，不過我可從來沒說過要跟你們打喔？因為對我而言，重要的只有這個實驗體。」

糟糕。

貝爾弗德只是留在這邊講話的，等他把要講的話講完，就會毫不猶豫逃跑。

若他對我心懷恨意，是可以靠這個吸引他，不過看他那個態度，不曉得會不會被挑釁到。

而且對方不會主動攻過來，代表一定要打空中戰。要阻止戰鬥力不明的三頭龍逃走，還要救回梅雅，非常棘手的狀況。

再怎麼麻煩，都不能允許那傢伙的暴行，重點是我無法原諒他把梅雅抓去當實驗道具。

總之，現在只能把能做的事做好。

我發動「傳訊」告訴眾人作戰計畫，將思緒切換成戰鬥模式。

《空中的死鬥》

這場戰鬥最重要的是救出梅雅。

接著是不讓貝爾弗德逃掉。放任這麼脫離常軌的人自由行動，太危險了。

敵人不只一大群翼龍，還有伊莎貝拉和奇斯，不過那兩個人應該可以交給獸王和雷烏斯對付。

格蕾特跟艾米莉亞交戰時消耗掉的體力仍未恢復，所以我叫她專心找機會救出梅雅。

「想逃嗎！」

「沒錯。我對你們這種戰鬥狂沒興趣。」

我在貝爾弗德跟雷烏斯交談的期間，整理好作戰計畫傳達給眾人，檢查裝備。

然後看準他們結束對話的那瞬間……

「那麼獸人之王啊，我會好好利用你女──」

「散開！」

我一面射出「麥格農」，一面衝上前。

然而除了牽制敵人用的子彈外，試圖擊殺貝爾弗德的魔力彈也被三頭龍的手臂輕易擋住。敵人同樣在戒備，所以這個結果很正常，可是我還真沒想到會這麼簡單就被防住。

「反器材射擊」應該可以射穿牠的手臂，命中貝爾弗德，但威力太強的攻擊可能會傷到梅雅，該把它視為最終手段。

我率先衝向崩塌的牆壁，以接近貝爾弗德，伊莎貝拉和奇斯果然擋在前面。

「奇斯，你的對手是我！放馬過來！」

「伊莎貝拉，為了妳好，我會全力阻止妳！」

雷烏斯按照計畫，朝奇斯揮下愛劍；獸王則挺身而出，負責壓制伊莎貝拉。

我從兩人旁邊衝過去，穿過崩塌的牆壁，試圖靠近在空中等待的貝爾弗德。周圍的翼龍卻同時襲向我，阻止我接近他。

「嗷嗚嗚嗚嗚嗚嗚——！」

不過，輕鬆追過我的北斗大吼，緊逼而來的翼龍就被咆哮的衝擊波震飛。

「北斗，尾巴！」

「嗷！」

北斗在清出一條路的同時伸出尾巴，我以它當踏板高高躍起。

牠還配合我起跳的時機甩尾施力，我如同一支飛箭，射向貝爾弗德。

「讓開，雷烏斯！不准妨礙馬克達特！」

「休想！把妹妹交給那種人，哪可能是正確的！」

另一方面，雷烏斯似乎有點陷入苦戰。

因為現在跟白天的比賽不一樣，雙方都是用自己慣用的武器，交戰時可以不用擔心損毀。雙方的實力不分上下，要將力道控制在讓奇斯清醒過來，八成不簡單。

「為了那孩子……讓開！」

「不讓！現在放任妳不管，妳一定會後悔！快清醒過來！」

獸王說由他阻擋伊莎貝拉，考慮到伊莎貝拉的速度，我本來還有點擔心他能否勝任，他卻緊緊抱住伊莎貝拉，封住她的行動，大概是因為他熟知妻子的習慣。

在這個狀態下，伊莎貝拉還是有辦法出拳出腿，獸王將她的攻擊統統承受住，持續說服她。推測是因為身體貼在一起，她無法施力，再加上伊莎貝拉跟我一樣，白天那場戰鬥的疲勞仍未消散。

雖然獸王不時使出的頭槌一直被伊莎貝拉閃過，看那情況，交給他也不會有問題。我就專心對付貝爾弗德吧。

「呵，竟然想跟龍打空中戰，你認真的嗎？」

「我知道我跟一般人不太一樣，但沒你那麼嚴重。別以為我沒勝算。」

在我接近的途中，一隻翼龍從旁逼近，晚來一步的艾米莉亞用「風彈」擊中翼龍的頭部，幫我趕走了牠。

艾米莉亞不像我跟菲亞一樣能在空中飛，但她能操縱風，在空中多少也能行動，足夠稱為戰力。不僅如此，她反而利用緊逼而來的翼龍當踏臺，在空中自在地飛翔，逐漸減少翼龍的數量。

三頭龍面向前方——大概是知道背對我太危險——準備遠離城堡，我卻以更快的速度接近牠。

距離拉近後，我將三頭龍的全貌看得一清二楚，牠的外型比我想像中更異常。

三顆頭分別為紅色、藍色、綠色，手有六隻，還長著……不對，是硬被縫上三對三色的翅膀。只有黑色身體特別巨大，推測那個部位是其他龍的身體。

簡單地說，是硬將四種顏色的龍接在一起做成的生物。

全身上下埋著魔石，上面畫有無數複雜的魔法陣，恐怕三頭龍就是靠那個魔法陣行動，控制周圍的翼龍。

「嘖……速度比想像中還快。三頭龍，把他打下去！」

我試圖再度使出「麥格農」，在那之前，三頭龍的三顆頭分別噴出三種屬性的吐息。

火、水、風的吐息範圍很大，我藉由空中踏臺急速下降閃了開來，位在三色吐息路徑上的好幾隻林克龍都遭到波及。

「竟然自己減少戰力。動腦想一下再叫牠攻擊如何？」

「誰叫牠們自己閃不掉。再怎麼說也是龍種，真是太沒用了。」

貝爾弗德毫不在意，命令三頭龍拍動翅膀，射出無數如同子彈的鱗片。

其威力想必足以輕易在我身上開出一個洞，但速度並沒有多快，我不費吹灰之力地閃過。不過鱗片彈的射程比想像中還遠，這樣下去可能會射中城堡，造成巨大傷亡。

「你休想！奈雅，把它們全擋下來！」

留在城堡的莉絲發動魔法，城堡的噴水池噴出猛烈的水柱，化為水巨人擋住所有的鱗片。

雖然大小比之前拯救米拉教的大本營——佛尼亞的水巨人小一點，還是足以跟亞比特雷城匹敵。

莉絲一口氣製造出如此龐大的巨人，跳進水巨人體內，有如小說裡會出現的搭乘巨大機器人的場景。

「接下來換這邊。把牠們統統抓住！」

與水巨人合為一體的莉絲，揮動巨大手臂想抓住空中的翼龍，可惜因為身體太大，動作緩慢的關係，一下就被躲開了。

本以為這樣永遠逮不到牠們，水巨人的手臂卻突然變大，伸出無數根水觸手抓住翼龍，關進自己體內，令其失去行動能力。

能如此纖細又大膽地操縱水巨人的，只有跟水精靈締結深刻羈絆的莉絲吧。

「噢，從來沒看過會用這麼厲害的魔法的人。用來做實驗應該也挺有趣的。」

「你還有時間看其他地方？」

我從三頭龍下方繞過去，急速上升，擋在空中不讓貝爾弗德逃跑。

看見我踩著腳底的魔力踏臺站在空中，連貝爾弗德都難掩驚訝。

「喔喔!?你怎麼辦到的！」

「你猜啊。如果你願意把梅雅還來，也不是不能告訴你。」

「既然如此，我只能放棄了。唔──那也是魔法嗎？啊啊……你們幾個煩歸煩，倒是挺有趣的！決定了，你們就是下一批實驗體！」

「你不明白自己現在的處境嗎？看看周圍吧。」

艾米莉亞自由地在空中飛舞，用魔法和刀子精準砍斷翼龍的喉嚨；北斗明明身在空中，卻咬住翼龍的尾巴甩動，砸向其他翼龍，展現非常豪邁的英姿。

再加上莉絲操縱的水巨人也仍在發威，所以翼龍只剩下幾隻而已，貝爾弗德卻依然帶著從容的微笑。

「用完就丟的小蟲子數量變少，會造成任何問題嗎？只要有我的最高傑作三頭龍，就不必擔心。」

「那來試試看吧。」

「唉……你那麼想打的話我也沒辦法。陪你玩玩吧。」

看來他明白了接近到這個地步，不可能無視我而逃掉。

本想靠「麥格農」的連射射穿終於打算應戰的三頭龍的翅膀，但牠跟剛才一樣，以手臂及尾巴為盾牌擋住攻擊，被子彈開出的洞也立刻癒合。

牠的再生速度是很可怕沒錯，不過離這麼近、一樣來得及防禦的反應速度也挺棘手的。難怪那傢伙這麼有自信。

然而，我更在意的是……

「沒效？」

雖然龍的身體本來就耐打，總覺得威力減半了。

除此之外，我射出的是會在命中同時釋放衝擊波的子彈，不知為何卻沒有產生衝擊波。

貝爾弗德大概是發現我的疑惑，愉快地笑著撫摸三頭龍。

「辛苦了。這孩子最喜歡吃魔力了。」

「難道……牠吸收了魔力？」

「雖說是經過壓縮的魔力，你的攻擊太痛了，所以我制定了對策，順便當成做實驗，成果還不錯吧？」

三頭龍具有會吸收魔力的特性，魔力子彈才會遭到吸收，在途中消失嗎？根本是專門用來針對我的。

儘管不太正常，被能憑藉暗示和如此強大的怪物把國家搞得一團亂的人戒備成這樣，該感到榮幸嗎？

總之，現在知道我不適合對付這隻怪物了，不過目的是救回梅雅，因此我毫不畏懼，不斷發動攻勢……

「牠厲害的地方當然不只防禦。好好感受龍的力量吧！」

「嘖……雖然外表長那個樣子，終究是龍種嗎？」

三頭龍的三顆頭持續噴出龍息，逼得我不得不專心閃躲。

我在猛烈襲來的龍息及鱗片中，在周圍跳來跳去，一面發射「麥格農」，仍然被三頭龍防住，無法造成決定性的傷害。如果我的身體狀況處在萬全狀態下，或許能接近貝爾弗德，不過現在沒時間為此感到懊悔了。

就算打得這麼辛苦，我還是成功絆住了三頭龍，之後就等艾米莉亞和北斗收拾完翼龍，趕過來支援吧。

「怎麼啦？看你一直在躲，你該不會在等同伴來吧？」

然而，三頭龍再度咆哮，另一群林克龍便從山的另一端飛來。

翼龍的數量增加，對艾米莉亞他們應該也不成問題，可是這樣下去不妙。因為在我絆住貝爾弗德的同時，艾米莉亞他們也受到牽制了。

我不斷思考，激烈地閃躲龍息，態度從容的貝爾弗德嘆了口氣，一副不耐煩的樣子。

「唉……你怎麼那麼纏人。剛才我也說過，我現在沒空陪你們玩。你也該讓路了吧？」

「我拒絕。我沒打算放你走，而且還得讓你把那孩子還來呢。」

「你在堅持什麼？想殺你確實是我不對，不過跟這個國家無關的冒險者，有必要努力成這樣嗎？」

「是沒錯，但梅雅可能會成為我的學生之一。重點是讓你逃掉的話，我會良心不安。」

「沒辦法。算了，等你死了我再來調查你的屍體。」

三頭龍廣範圍噴出溫度推測低於冰點的冰之吐息，我只能往後閃開一大段距離。

我因為距離又被拉開，忍不住嘖了一聲。貝爾弗德似乎很滿意我的反應，輕拍胸口挑釁我。

「來來來，我的弱點在這裡喔？你最擅長的遠距離攻擊不管用的感覺如何？」

「你是想報復我之前射中你嗎？雖然你是敵人，這個精神還是挺值得欽佩的。一發子彈就能讓你擬定如此縝密的計策。」

這一點我要誠心表示讚賞。畢竟他也不一定能再遇見我。

不過……太天真了。

在那之後都過了一年，你應該多關注其他部分才對。

我再度停在空中，背對城堡面向貝爾弗德，冷靜地告訴他。

「能狙擊的不只有我。」

講出這句話的同時，三頭龍龐大的身軀劇烈搖晃。

貝爾弗德轉頭確認情況，視線前方是翅膀根部刺著一支箭的三頭龍。

沒錯……我的任務不只絆住敵人，同時也是誘餌。

而射箭的那個人是……

『中了。還有需要嗎？』

「嗯，為求保險起見，再來個兩、三發。」

『瞭解。要上囉！』

菲亞手持聖樹之弓——艾修里昂，站在城堡頂端。

三頭龍已經離城堡有一大段距離，根本沒辦法用箭攻擊，就算祭出我上輩子的狙擊槍都有困難。

菲亞射出的箭卻精準命中我指定的部位，產生足以撼動三頭龍巨大身軀的衝擊。

「什麼!?有東西刺在上面……還有這個威力到底是?」

「那東西是箭,形狀有點特別就是了。當然不是一般的箭。」

不只箭羽,連箭頭都沒有,旁人看來只會覺得是一根大木串,其實那是艾修里昂自己製造出來的樹枝。

樹枝——聖樹之箭在射出的同時,藉由菲亞的風旋轉,大幅提升威力及射程。以驚人之勢飛翔的箭矢輕易貫穿龍鱗,伴隨衝擊深深刺進肉中。

來自意想不到的位置的狙擊,令貝爾弗德表現出一絲動搖,但他很快就恢復冷靜,對三頭龍下達指示。

「哼,每個人都有這麼多把戲。不過這種程度,只要預先知道攻擊會從哪裡來……嗚!?」

貝爾弗德命令三頭龍大幅往旁邊移動,第二支箭卻射中另一對翅膀的根部。

菲亞的箭能靠風精靈之力改變軌道,不管牠的動作有多激烈,都無法輕易逃離。

艾修里昂本身也是強大的武器,但更厲害的是能夠自在操控纖細又強大的風的菲亞。儘管發射速度及連射速度不及我的魔法,能自動追蹤的攻擊可以有許多用途。

「被我和菲亞……兩名狙擊手包夾,別以為你能輕易逃掉。」

我的「麥格農」依然會被防守,不過菲亞的箭接連從背後直接射中三頭龍,迫使牠降低高度。

「嘖……算你們厲害。但你以為受這點小傷，三頭龍就會墜落嗎？你們好像都在瞄準翅膀，可是受傷的話馬上再生就行了。」

「用不著破壞。我的目的只是要把牠弄到地上。」

「你在說什麼……三頭龍⁉」

三頭龍忽然無法維持滯空狀態，騎在牠背上的貝爾弗德開始劇烈搖晃。

因為刺在翅膀上的箭長出無數的樹枝，迅速纏住三頭龍的翅膀。

「我不是說過嗎？那不是一般的箭。」

「沒想到有成長速度這麼快的植物。快把它扯斷！」

「別以為有那麼容易。因為那東西跟師父一樣纏人。」

那是以魔力為糧生長的樹枝，只要三頭龍還能行動，就會持續成長。

三頭龍雖然能吸收魔力，看來還是遠遠不及超出常識範圍的聖樹。

其威力可怕到如果對人類使用，別說魔力了，僅僅一支箭就會連身體都侵蝕掉，因此製作費時，菲亞才沒辦法立刻發動攻擊。

三頭龍仍在試圖掙脫，樹枝卻像扎根於地面的巨樹般，深深陷進肉中，連把它跟肉一起扯斷都有困難。就算瞄準樹枝攻擊，那可是聖樹的一部分，沒那麼簡單就斷掉。

於是，在我們徹底封住敵人的動作時……黑影行動了。

「……把梅雅莉大人還來。」

藏在弟子們之中，隱藏氣息伺機而動的格蕾特，終於移動到貝爾弗德背後。她用周圍的翼龍當踏階接近貝爾弗德，拿小刀抵著他的喉嚨。

「噢，我都忘了還有妳。虧妳有辦法來到這。」

「你太小看我了。快放開梅雅莉大人，否則……」

「否則……會怎麼樣？妳該不會要用那把小刀殺死我吧？殺死對妳來說等同於父親的馬克達特？」

「不對。你……不是馬克達特大人。想抓走梅雅莉大人的……是我的敵人！」

「救、救救我，格蕾特！我……只是被操縱，這並非我的本意！」

「……真正的馬克達特大人不會說那種話，那個人……會叫我連同他一起把你殺了。」

「說那麼多，結果妳還是沒下手。所以……妳才會這麼沒用！」

「!?」

瞬間……格蕾特腳下冒出無數根從三頭龍身上長出的觸手襲向她。

因動搖而產生的些微破綻足以致命，格蕾特沒能閃過全部的觸手，側腹被開出一個洞。雖然避免了最壞的情況，沒被觸手抓住，但格蕾特光是從那個地方跳開，似乎就竭盡全力了，無暇顧及該如何著地。

鮮血四濺的她直線墜落，與此同時，少女的哀號響徹四周。

「啊……啊啊啊!?格雷特——!?」

被安眠藥或其他東西弄暈的梅雅，在最糟糕的狀況下醒來。

在強化視力的同時目睹慘狀，導致梅雅尖叫著開始掙扎，貝爾弗德在她嘴邊灑了某種粉末，令她再度陷入沉睡。

「啊……唔唔……」

「真是的，吵什麼吵。那麼，你不用去救她嗎？」

「……艾米莉亞，拜託了。」

『是！格蕾特小姐就交給我吧！』

「呿……竟然看都不看一眼。」

艾米莉亞用「傳訊」回應我，墜落中的格蕾特交給她救應該就行了。

這起事件讓格蕾特有罪惡感，更重要的是她跟馬克達特關係匪淺，所以我本來希望能讓她親手了斷一切……果然有困難嗎？對方是無異於父親的恩人，她的覺悟會動搖或許也是理所當然。

本以為看到我面露不甘，貝爾弗德會得意洋洋，他竟然深深嘆息，看著我說：

「沒辦法。再繼續被你妨礙也很麻煩，我就靠蠻力突破吧。」

他似乎做好犧牲三頭龍的覺悟了。決定捨棄那麼引以為傲的作品，可見對他來說我們是多大的威脅。

菲亞的下一支箭還沒準備好，因此我繼續射出魔力子彈，以多拖延一些時間。

消極的攻擊令貝爾弗德感到不耐，命令三頭龍捨身突破防線。

「白費力氣。三頭龍，趁你還能飛的時候拉開——」

「唔喔哇啊啊啊啊啊——!?」

然而……在他的注意力被我吸引的期間，下一批刺客——雷烏斯和奇斯從上空墜落。看他們全身溼透，八成是被水巨人丟過來的。

乍看之下沒有打鬥的痕跡，不過看他們倆的模樣，奇斯好像恢復正常了。看來對他來說，梅雅的吶喊是最管用的清醒劑。

「嘖！一個接一個，煩不煩啊！」

三頭龍抬頭對著上空，想用吐息迎擊，菲亞射出的箭卻吸向牠的嘴巴，打斷牠的動作。

我也使出「衝擊」，在命中目標的前一刻引爆它，只用衝擊波進行干擾，龍息便朝截然不同方向噴出。

真是……這兩個人未免太亂來了。我不認為他們會被龍息重創，但還是希望他們能盡量避免受傷。

「喝啊啊啊啊啊——！」

「唔喔喔喔喔喔喔──！」

兩人揮舞的武器夾帶著重力加速度的力量……砍斷兩片三頭龍的翅膀。

三片翅膀被菲亞的箭封住，又失去另外兩片翅膀的三頭龍，不可能還飛得動，終於開始墜落──「唔!?快點讓翅膀再生！」

「大意了吧！」

而我就是在等貝爾弗德完全沒在注意我的這一刻。

我在腦內想像調整過威力的橡膠彈，射出「麥格農」，子彈命中抱著梅雅的貝爾弗德的肩膀，使他失去平衡。

衝擊再加上從空中墜落的狀況，貝爾弗德總算放開了梅雅。

我立刻使出弱化版的「衝擊」，靠在途中炸開的衝擊波震飛梅雅，讓她跟三頭龍拉開一大段距離。這個手段雖然很粗魯，之後再跟她道歉吧。

之後只要用「魔力線」抓住梅雅就行……不過似乎沒那個必要。

「梅雅莉！」

伊莎貝拉喊著女兒的名字，如流星似的從城堡飛過來，接住直線墜落的梅雅。

奇斯都恢復理智了，伊莎貝拉恢復原狀並不奇怪。

以那個速度來看，就算她抓住了梅雅，應該也會帶來強烈的負擔。伊莎貝拉卻在途中用翼龍當落足點調整速度，將勁道減緩至最低，將梅雅牢牢抱在懷裡。

力道過猛，即將撞上森林的伊莎貝拉，藉由踢擊樹幹抵銷衝擊，平安降落。身體被樹枝刺傷，依然全力保護女兒的模樣，任誰來看都是偉大的母親。

三頭龍的翅膀趕在落地前再生，免於直接撞上地面。為此捏了把冷汗的貝爾弗德也安心地吁出一口氣，這時一道黑影閃過。

「馬克達特——！」

黑影的真面目是獸王。他掄著拳頭從上空降下，同樣全身溼透，推測是莉絲扔過來的。

他從遠比城堡高的上空墜落，臉上卻沒有絲毫懼色。跟兒子一樣是勇敢又可靠的人。

貝爾弗德的注意力全放在三頭龍身上，因此他注意到獸王從天而降時，已經太遲了。

「要是你敢殺掉我，馬克達特就——」

「喝啊啊啊啊啊啊啊啊——！」

他跟面對格蕾特時一樣，試圖動之以情，獸王卻毫不猶豫。

獸王果斷揮下蘊含力量及魔力的拳頭……目標是三頭龍。

這渾身的一擊在墜落時的重力加速度加持下，產生如同隕石墜落的破壞力，巨響及衝擊波平息後，森林開出一個巨大的坑洞。真是不辱獸王之名的駭人威力。

「喔喔……厲害，跟萊奧爾爺爺一樣。」

「臭老爸，這也做得太過火了吧。」

獸王只是靜靜站在坑洞的中心，看不見三頭龍的影子。

用「探查」也偵測不到，看來牠在獸王的攻擊下，消失得不留一絲痕跡。伊莎貝拉固然強，獸王也不遑多讓。可以說是全國最強夫婦了吧。

順帶一提，比獸王先墜落的雷烏斯和奇斯順利著地了。八成是會用空中踏臺的雷烏斯抓住奇斯救了他。

跟一面讚嘆一面走在坑洞上的雷烏斯不同，奇斯憂鬱地走向獸王。

「雖然我搞不太清楚狀況，能死在老爸手中，馬克達特也算如願以償了吧。願你安息……」

「奇斯啊，你是不是誤會了？看那邊。」

「咦？」

這樣對沉浸在感傷情緒中的奇斯不太好意思，不過在獸王揮拳前，我就先用「魔力線」把貝爾弗德拉過來了。

「原、原來他沒事！不曉得該不該慶幸……」

「你在害羞什麼？直接說你很高興他還活著不就得了？」

「吵、吵死了！沒那麼簡單啦，給我閉嘴！」

「怎樣？想打架嗎！」

先別管吵起架來的那兩個人了……這次的戰況無時無刻都在變化，不過大家都做得很好。

尤其是獸王，他貴為一國之君，卻認真聽從我的指示行動，真的很感謝他。

假如獸王沒有在最後解決掉三頭龍，我就得使出「反器材射擊」，這樣說不定會沒辦法活捉貝爾弗德。

我低頭看著在我把他拉回來時遭餘波波及，維持被「魔力線」綁住的狀態失去意識的貝爾弗德，喃喃說道：

「好……剩下你一個了。」

儘管有一些人受傷，城堡也有部分損毀，戰鬥在無人死亡的狀況下落幕了。

不過，巨大怪物及翼龍群來襲，可謂足以亡國的大事件。

明明是深夜，城裡卻一陣騷動，士兵和傭人在戰鬥結束的同時忙碌地四處奔波，檢查損失程度，以及收拾翼龍的屍骸。

我們跟獸王一家聚集在白天用來比賽的擂臺上，跟伊莎貝拉和奇斯說明發生了什麼事。

「……事情經過我大致明白了。總之盡量別碰馬克達特就對了？」

「對。現在還不清楚他的底細，千萬別隨便跟他接觸。」

獸王和奇斯面色凝重，低頭看著被貝爾弗德附身的馬克達特。

他現在被我用「魔力線」綁住，倒在地上，我們則團團包圍住他。

就算想審問他，他還沒清醒過來，隨便亂碰的話又有可能像馬克達特那樣被附身，所以我叫大家不要接近他。

「大哥，現在要怎麼辦？」

「不只我們，您還叫獸王陛下留他一命，您有什麼打算嗎？」

「嗯，我要試個東西。總不能放著他不管，我想把能試的方法都試一遍。」

整理一下情報吧。

根據開戰前的對話，馬克達特只是身體被占據，推測還活著。貝爾弗德也說過以貝爾弗德的人格行動時，馬克達特的意識大概處在徹底沉睡的狀態下，不然有必要的時候要以馬克達特原本的個性行動，避免遭到懷疑。

「也就是說，只要把貝爾弗德趕出他的身體，馬克達特先生很可能不會有事。」

就是靠自我暗示之類的手段消去記憶。

除了名字外，我們對他一無所知，不過只要碰觸身體進行「掃描」，理應會查出些什麼。

我將這個想法告訴他們，反應最大的人是獸王。

「能救他的話，我想救他。如果你有什麼計策……萬事拜託了。」

「這樣下去會被那傢伙吃得死死的。我會盡己所能。」

我透過魔力做成的絲線跟他接觸，目前沒有身體要被占據的感覺，看來他不是靠魔力方面的接觸附身在其他人身上。

雖然也有可能是因為貝爾弗德意識不清，總之這樣下去什麼都查不出來。我想用「掃描」詳細調查他的身體內部，只能冒險直接接觸他了。

在我下定決心時，昏過去的貝爾弗德睜開眼睛，茫然地看著我們。

「唔……獸王……陛下？」

「馬克達特嗎？」

「是的……是我沒錯。雖說是因為身體被人占據……我似乎做了無法挽回的事。」

馬克達特好像記得今天發生的事，大概是貝爾弗德看自己的真實身分被人揭穿了，不需要再封印馬克達特的意識。

他將貝爾弗德私底下幹的事告訴了我們。例如陪著要去探望家人的梅雅，跟伊莎貝拉和奇斯接觸，假借治療之名給他們戴上手環魔導具。在對兩人下達暗示後，得知我們來到城堡，為了以備不時之需叫來三頭龍……

「錯不在你。比起這個，附身在你身上的那傢伙呢？」

「那種噁心的感覺消失了，我想他可能不在我的體內。」

「你說什麼!?那他跑哪去了!」

「雖然記憶有點模糊……我還記得獸王陛下從上面跳下來時,他以為您的目標是我,在被擊中的前一刻逃到腳邊的魔物體內。」

若是如此,當時在他腳邊的三頭龍消失得連一塊碎肉都不留,代表貝爾弗德已經消滅了。

明明是對妹妹出手的大敵,卻死得這麼簡單,令奇斯難掩困惑。我感覺到有人在走向這邊,轉頭一看,跳進森林拯救女兒的伊莎貝拉抱著梅雅回來了。

雖說是用走路的,她花了不少時間,應該是因為飛了很長一段距離。可見她為了救女兒有多麼拚命。

「……我回來了。」

「嗯,幸好妳們都沒事。」

「……嗯。這孩子沒受任何傷。」

伊莎貝拉的語氣還是一樣,幾乎感覺不到情緒,表情卻明顯不同。

她把臉湊向懷裡的梅雅,神情恍惚,不停蹭她的臉頰。在旁人眼中看來像個可疑人物,睡夢中的梅雅好像在呻吟,不曉得是不是錯覺。

「媽媽,多麼讓人羨慕……咳咳!我抱她回去就好,把梅雅交給我吧。」

「……不行。」

奇斯一副發自內心覺得羨慕的模樣衝過去，伊莎貝拉立刻跟他拉開距離，不讓他得逞。她的動作非常激烈，卻有特別留意不吵醒梅雅。真是白費了那高超的技術。

本以為獸王也會參加，他竟然一直沒有離開馬克達特身邊。由於事關梅雅的安全，他似乎在拚命忍住不要撲過去。

「馬克達特，你真的沒事了嗎？」

「是的。就算被處死刑，我也甘於接受，不過若您願意饒恕，屬下想繼續侍奉您。」

「可不准你隨便送死！我剛才也說了，錯的全是那傢伙。懲罰當然少不了，不過我要你今後也繼續為我效命。」

「感謝陛下寬大的心胸……我想立刻幫忙為這次的事件善後，可否請您為我鬆綁？」

「……辦不到。」

馬克達特要求解開他的束縛，獸王卻直截了當地拒絕。

唔……雖說他在女兒面前是個笨爸爸，終究還是一國之君。

「喔喔，不愧是獸王陛下。您在擔心那東西可能還留在我體內對不對？屬下也對那傢伙是否真的已經消失存疑，或許暫時將我關進牢房裡比較好。」

「你打算裝傻到什麼時候？」

「屬、屬下不敢！所以才說先把我關進牢——」

「沒那個必要！你多少也清楚我和馬克達特認識多久了吧？再怎麼模仿他的表情和語氣，你以為我會認不出來嗎！」

「老、老爸？真的不是他？」

「奇斯啊，想繼承我的王位，就得學會看清人的內在，別只埋頭鍛鍊身體。我們的敵人還留在馬克達特體內。」

混亂的魔力流向，使我懷疑貝爾弗德搞不好還沒消失……卻沒有獸王那樣的自信。

正因為是立於萬人之上領導國民的獸王，馬克達特又是他的朋友，他才有辦法肯定吧。

「果然！難怪我一直覺得不對勁……原來是這樣。」

雷烏斯似乎也藉由難以用言語表達的第六感，察覺到了異狀。

或許是獸王及我們銳利的視線讓他放棄掙扎了，馬克達特柔弱的表情瞬間一變，轉為剛才看過的貝爾弗德的笑容。

「……比我想像中還厲害。該誇你一句不愧是王嗎？」

「你該多瞭解人類一點。但只要你還把人類當成實驗材料，就永遠不可能明白吧。」

「你以為我聽了這句話就會洗心革面？我不否認樂在其中啦，但我也是懷著相應的覺悟去做的。你們才該多瞭解一下異常人士的思維。」

「喂，你叫來的怪物和翼龍都被我們收拾掉了，你明白自己的處境嗎？」

「事到如今問這什麼蠢問題。來，想殺我就試試看啊？」

貝爾弗德整個人豁出去了，看到他這副態度，反而是將怒氣發洩在他身上的奇斯心生動搖。

「我的最高傑作那麼輕易就被殺掉，我也被人抓住，可以說一敗塗地。」

「既然你認輸了，就給我快點離開那具身體。不，在那之前，先把你做過的好事統統招了。」

「為什麼要離開？我是認輸了沒錯，但我還在恨你們殺了三頭龍又妨礙我的實驗。反正都要消失，乾脆拉一個人陪葬洩恨吧。」

「你這傢伙！」

「威脅我也沒用。想殺就來啊？這男人也會一起死就是了。」

貝爾弗德並非覺得反正我們八成下不了手，才嘴硬逞強。

而是真的不怕死。他之前才說過自己是超越死亡的存在，這部分的認知可能和我們不同。

既然都要死，不如把一堆人牽扯進來再死……真是惡劣的個性。

「獸王……陛下，請、請您別管我！不能……允許……這種人存在……」

「是馬克達特嗎!?」

「噢，剛才那說不定是本人的聲音喔？來來來，他自己都同意了，你就狠下心如何？親手殺害忠臣的國王陛下。」

「唔……抱歉。」

「老爸……」

獸王早已做好覺悟。他吐出一口長氣，握緊拳頭。

然而那是最後的手段，我該做的事還沒做完。我站在舉起拳頭的獸王面前阻止他。

「獸王陛下，請等一等。剛才您不是說要交給我處理嗎？」

「嗚……抱歉，看來我徹底中了他的計。我還有得學呢。」

「事關朋友性命，這也不能怪您。那麼為了以防萬一，請大家離我遠一點。」

不只獸王，我叫待在我旁邊的弟子們跟北斗也退下後，站到一臉失望的貝爾弗德面前。

我是打亂他計畫的元凶，因此一看到我，他的表情隨即因憎恨而扭曲。

「嘖……要是沒有你們，一切都會順利進行。所以，你打算對我做什麼？」

「我要調查你。碰頭部的話可能會被咬，所以我改碰背好了。」

「要碰我嗎？感謝你特地提供身體給我。」

「你在虛張聲勢吧？我已經猜到你附身在別人身上的條件了。」

我繞到他看不見的背後，在伸手觸摸他之前把雷烏斯叫過來。

「怎麼了大哥？要交給我來砍嗎？」

「不是。雷烏斯，你聽好。假如你判斷我的身體被那傢伙占據，就把我殺了。」

「啥!?大哥，你在說什……」

我是覺得不會有問題，但考慮到最糟糕的情況，總該做個準備。

雷烏斯在我們之中直覺最為敏銳，又是有潛力超越我的戰士。

我明白這個命令很殘酷，下得了手的話，到時我會選擇自殺，拜託北斗應該也會更加確實。

但是，我希望徒弟能擁有只要對方是惡人，即使是自己的老師也能兵戎相向的覺悟。因為我也是個人，總有可能迷失方向，或者甚至連自己的尊嚴都拋在腦後。

「哎，那也要等我被附身再說。希望你記住，若想跟我並肩作戰，需要做好這樣的覺悟。」

「大哥……」

「別擔心，並非要你現在就做決定，所以你還不需要煩惱。而且如果我的推測沒錯，僅僅是碰一下，不可能有辦法附在我身上的。」

聽說神祕女子移動到馬克達特身上時，咬住了他的身體。

也就是說，移動到對方體內的方法是黏膜接觸……

「或是把什麼東西埋進對方體內。」

我如此確信，持續碰觸馬克達特的背部，不出所料，什麼事都沒發生。

確認我不會受到任何影響後，我集中精神發動「掃描」，在離心臟不遠處偵測到熟悉的反應。

「……找到了，這就是你的核嗎？」

狀況雖然不太一樣，我不禁覺得有點懷念。

記得當時是在莉絲的委託下，幫莉菲爾公主把手臂裡的某樣東西取出。

「詳細的原因我不清楚，不過這顆埋在胸前的魔石就是你吧？」

「你……究竟是什麼人？」

「那是我要問的問題。我能回答的只有我是你的敵人。」

這傢伙是身為魔石，卻擁有明確意志的神祕存在。

本來或許該逼他把情報全吐出來，可是他既然寄宿在別人的肉體上，沒人知道他會做些什麼，應該要早點解決掉他。

我告訴他已無路可退，貝爾弗德雖然有所動搖，還是露出無畏的笑容：

「發現我的真面目是很厲害沒錯，但那又如何？難道你想撕裂這男人的身體，把我拿出來？」

「別看我這樣，我很瞭解人體構造。只要從某個角度下手，就能在不傷及重要器官的情況下挖出病灶。」

被槍射中胸口的話，本來會造成致命傷，不過極少數的情況下子彈會偏移要害，或是直接貫穿身體，沒傷到體內的重要器官。

之後若不好好處理傷口，當然會因為出血過量或傷口感染而亡，不過撿回一命的案例也不算罕見。

「莉絲，準備一下。」

「嗯，交給我吧！」

而我們這邊有擅長治療魔法的莉絲在。

莉絲的魔法雖然不能像動手術那樣接妥斷掉的部位，在治療割傷或身體開洞方面卻遠遠凌駕於我。

意即只要在擊碎貝爾弗德的同時，讓莉絲幫忙治療，魔力開出的小洞這種傷馬上就能治好。

「想不到有你這種人……」

「全是你太過輕敵招致的敗北。」

儘管不曉得他能否移動位置，假如魔石離心臟更近一點，結果應該會不同。

我判斷跟他接觸也不會被附身，叫北斗和雷烏斯按住貝爾弗德的身體，意想不到的是他挺安分的。是因為親身體會過我射出的「麥格農」貫穿力有多大，明白自己不可能逃得掉嗎？

我一面留意射擊角度，一面將魔力集中於指尖，貝爾弗德一臉看破生死的模樣咕噥道：

「那異常的能力──原來你和我一樣。」

「……就與正常人不同這點來說，確實一樣吧。」

「沒錯。像我和你這種遭到世界排擠的存在，註定要受他人畏懼，被視為危險人物。全世界都討厭我們。得知世界的黑暗，體會過絕望與孤獨後，你還能笑著活下去嗎？」

「絕望與孤獨啊……」

某種意義上，貝爾弗德說得沒錯。

人類這種生物，會自然而然畏懼自己無法理解的強大存在，試圖將其排除。那就是人類的本能。

不過……絕望？

那種東西，我在上輩子不曉得經歷過多少次了。

從師父的訓練開始，到參加無數場戰爭、在敵陣孤立無援，跨越了數不清的生死關頭及絕望。

更進一步地說，我在上輩子雖然被譽為世界最強，換個角度來看也等於樹敵眾多。因此我早已習慣被人憎恨和有人盯上我的性命。

而且……

「害怕還沒見過的未來有什麼意義？別把我跟你相提並論。」

我不知道貝爾弗德經歷過什麼，但我們之間有著明顯的差異。

「所以？你自以為是的妄想結束了嗎？」

「天狼星前輩才不會孤身一人。因為有我們陪在他身邊。」

「如果天狼星少爺要走在孤獨的道路上，我們無論如何都會跟隨他。」

「因為我是大哥的劍！」

「嗷！」

除了一路累積的經驗及技術，上輩子的我有值得信賴的戰友及同伴的支撐，藉此存活下來。

轉生到異世界後依然沒變。

如今的我，也有值得信賴、願意在一旁扶持我的弟子、同伴、家人。

「再說阻擋在我面前的人，排除掉就行了。這麼無聊的話就是你的遺言嗎？」

「直到最後都這麼囂張。我就再問一次……你的名字吧。」

「……天狼星。」

「是嗎……天狼星。你就努力掙扎著活下去吧！」

「直到最後都這麼無聊。」

我深感無奈，對他投以憐憫的眼神。

畢竟，為了生存而拚盡一切掙扎，乃理所當然之事。

萬一魔石在體內碎掉就危險了，因此我射出威力降低版的「麥格農」將它推出體外，鮮血及一小顆魔石便從馬克達特的胸口噴出。

「奈雅，拜託了！」

「我上了！」

「好！」

同一時間，莉絲的魔法用具有治癒能力的水包住馬克達特，飛到空中的魔石被艾米莉亞射出的風刃砍成兩半，雷烏斯則一副早就準備好補刀的樣子揮下大劍，魔石應聲碎成粉末。

這次真的解決掉他了，最後那句話卻給人一種發自內心覺得懊悔的感覺。沒多久，莉絲的治療結束，我用「掃描」診斷後，向獸王報告馬克達特只是昏過去而已，獸王放心地吐出一大口氣。

「是嗎？這樣就真的結束了。」

「我想馬克達特先生明天就會醒來，可是我不清楚他會不會保有被人操縱時的記憶。如果他還記得，精神應該會受到相當大的打擊……」

「嗯，剩下是我的工作。話說回來，要是沒有你們，這個國家也許會因此覆滅。我欠你們的人情，已經多到不曉得該怎麼償還了。」

「全是自然發展下，一連串的巧合導致的結果。而且……這件事也跟我有點關聯。」

這次成功阻止了師父做的魔導具繼續被用在這種無意義的事情上，對我來說相當值得。

「對了，那位公主的狀況如何？」

菲亞這句話令全員的視線集中在梅雅身上，可愛的公主殿下在母親懷裡安穩地睡著。

貝爾弗德揭發了梅雅異常受到獸人喜愛的祕密，不過至少她的家人及身邊的人，應該都是純粹愛著梅雅。

梅雅的能力遲早得告訴她本人，但那也要等情況穩定一點再說。

「……好可愛。」

「唔……怎麼這麼可愛。我妹果然最可愛了！」

儘管母親及兄長的反應異常激動，能守住這安詳的睡臉，真的太好了。

「得獎勵你們不只救了馬克達特，還救了我女兒。」

「關於這件事，可以明天再說嗎？現在大家都累了。」

「噢，的確。我馬上叫人安排房間，有其他要求的話儘管說，別客氣。」

「沒有的。只要能好好休息，睡哪都可以……」

「這樣的話，我想要有大床的房間。因為我們要陪在天狼星少爺身邊保護他。」

「行！給你們最好的房間。」

艾米莉亞不著痕跡地在要求中混入自己的欲望，搞得我頭很痛，但我連吐槽的力氣都沒了。今天真的是身心俱疲，好想狠狠睡一覺。

之後，確認全員都治好傷，身體沒有異狀時，房間整理好了，我們終於可以休息。

就這樣……雖然留下了許多傷痕，我們成功阻止了貝爾弗德的野心。

《母女該有的相處模式》

「…………天亮了嗎？」

事件平息時已經過了一天，不過多虧我之後睡得很熟，紓解了身體的疲勞，從窗外灑落的晨光照得我清醒過來。

我們分到的房間是城裡最大的客房，也是給外國使節用的特殊房間。房內有好幾張兩個人睡都嫌寬敞的大床，我躺在其中一張床上。

「……奇怪。」

來自兩側的呼吸令我轉過頭，艾米莉亞睡在我左邊，莉絲及菲亞則安穩地睡在另一邊。

「我記得昨晚我是一個人睡的啊。」

傭人帶我們來到這間房間，表示可以自由使用後，我隨便清潔了一下身體就躺上床。然後在柔軟的床鋪及疲勞的加乘下，迅速墜入夢鄉。

我還記得艾米莉亞說要陪我睡，鑽進床鋪，沒想到三個人都來了。

雖說這張床很大，終究是雙人床，本以為四個人睡會太擠，她們卻一臉幸福。

從男性角度來看是令人高興的狀況，不過正因為是男性，一醒來就看到這個畫面實在不太好。

在我坐起上半身的同時，睡在附近的北斗也醒過來了，牠一看到床上的情況便緩緩起身。

「……嗷。」

北斗啊，你怎麼想把睡在旁邊那張床上的雷烏斯叼到屋外？拜託你別這麼會看氣氛。

吃完早餐要跟獸王討論獎賞，以及如何為貝爾弗德引起的事件善後，怎麼可能現在就做那種事……

「呼啊……天狼星，你醒啦？」

「嗯，早安，菲亞。是說這是什麼狀況？用不著黏這麼緊吧？」

「話先說在前頭，是你不好喔？」

昨晚，我要雷烏斯殺了我的那句話，只有他一個人聽見，但女性組似乎從雷烏斯口中問出來了。她們選在我睡著後才去逼問他，被三個姊姊包圍，雷烏斯想必一下就招供了。

「有部分可能是想跟你撒嬌啦，可是聽見你那句話，我們很擔心。因為你太不看重自己的生命了。」

「這種話我講過好幾次，妳們也該習慣了吧。」

「怎麼可能習慣得了。所以大家才會像這樣陪你一起睡覺。」

躺在床上撐著頰，笑著微微吐出舌頭的菲亞，相當有魅力。

然而她忽然收起笑容，有點嚴肅地凝視我。

「未來不知道會發生什麼事，如果你要為自己不在的情況事先做好準備，我不會阻止你。可是……你講那種話，我們當然會擔心呀。」

「我沒打算送死，不過上輩子的經歷會害我不小心有這種想法。而且假設我離開了，大家一定也有辦法從傷痛中走出來。」

「嗯，我們肯定能繼承你的意志和精神活下去。長壽的我或許總有一天會想通，但你不覺得另外兩個人可能會孤老終生嗎？」

「……我無法否定。這樣的話，就算我在另一個世界，莉菲爾公主和爺爺八成也會殺過來揍我。」

「很有自知之明嘛。所以在你留下子嗣前，絕對要活著。只要有小孩，就能排解被留下來的人的寂寞了吧？」

「哈哈，今天妳很有姊姊的風範喔。」

「我本來就是大姊姊。」

的確，菲亞的年紀隨便算都超過兩百歲，我們再投胎一次也追不上她。我搔著頭，有種被反將一軍的感覺，面帶笑容的菲亞把臉湊到我面前。

「所以，你差不多該認真考慮跟我生小孩了吧？看到梅雅和伊莎貝拉，我也想要個孩子了。」

「……我才剛誇妳沒多久。難道剛才的對話全是為了這個？」

「沒禮貌，當然都是我的真心話。離開飯還有一段時間，要不要做點晨間運動？」

「住手！我可以想像絕對不會只有一點。而且雷烏斯就在旁邊。」

「北斗，這是攸關主人將來的大事，請你幫忙看門，暫時別讓任何人進來。」

「嗷。」

就跟你說了，別把雷烏斯叼走！

竟然利用北斗那會為我行動的心態，菲亞在各種意義上來說都是個可靠的女性。

她如此直接地對我示好，我非常高興，不過……

「哇!?你們怎麼靠這麼近？」

「原來如此……我明白現狀了。方便讓我加入嗎？」

「好了，大家一起按住天狼星。今天要告訴他什麼叫複雜的女人心！」

「等等北斗，回來！妳們幾個也是，給我適可而止！」

這跟那是兩碼子事。

城裡很多早上就開始工作的人，真希望她們自制點。

我好不容易從女性組手下逃離，帶著雷烏斯和北斗來到城裡的浴場。昨天因為太累，我沒有仔細清潔身體，又還沒要吃早餐，所以我才先來浴場洗澡。

城裡的浴場果然很大，從窗戶往外面看過去還有露天浴池，十分豪華。

本以為這麼早應該不會有人，獸王和奇斯卻在浴池裡泡澡。在艾琉席恩的時候也是，為何我總會在無意間跟王族袒裎相見？

「喔喔……你們也一大早就來泡澡啊。那房間是臨時準備的，睡得還行嗎？」

「嗯，給我們住都嫌奢侈呢。」

雖然發生了讓我不能好好休息的事件，床睡起來真的很舒服，因此我很滿足。

「那就好。昨晚我也說過，有什麼需要儘管開口。」

「謝謝您。那我想立刻拜託您給我們一人一間房間，或是男女分開住。」

「唔……這樣啊。不好意思，是我疏忽了。我有聽說那幾位是你的戀人，跟同伴睡同一間房，不方便主動邀約吧。」

獸王兀自點頭，我實在不好意思說我不僅沒有主動邀約，反而是被襲擊的那個。

「欸，雷烏斯，我明明比你壯，你那股力量平時到底藏在哪？」

「大哥說練太壯會妨礙行動，稍微控制一下好像也很重要。我記得他是說……叫我把肌肉練成粉紅色。」

「粉紅色!?什麼鬼？」

雷烏斯和奇斯之間變得毫無距離感，聊得有說有笑，我和獸王則在旁邊泡澡，討論昨晚的事件。

「城堡雖然有受損，家臣們都平安無事，應該很快就能修復。還有今天早上，我在馬克達特的房間發現可疑的通道，照你說的，嚴格命令其他人不准擅自進入。」

「果然有祕密通道嗎？不好意思，我這個外人在那邊下指導棋。」

「別在意。你說得沒錯，那傢伙很可能設了什麼陷阱。不管怎樣，我都會尋求你的協助吧。」

貝爾弗德在暗中活動，所以我推測附近可能會有類似研究設施的地方，看來真的找到那類型的設施了。

我之所以叫其他人不要擅自調查，是因為可能有隨便亂動就會自爆，用來湮滅證據的陷阱，跟在帕拉多的時候證據都被埋在地下一樣。

總之裡面沒有要跑出什麼東西的跡象，所以我打算等吃完早餐後，跟獸王一起前去調查。

「剩下就是……馬克達特先生了吧？」

「嗯，我費了好一番工夫才說服他。短時間內還需要對他多加注意，但他好像努力重振精神了。」

馬克達特似乎記得身體被貝爾弗德奪走時發生的事，出於自我厭惡試圖自殺，還主動要求獸王把他關進牢房。

獸王不斷解釋是因為他的身體被占據的關係，本人卻渴望遭到懲罰，因此馬克達特被拔除了梅雅教師的職位。現在獸王決定命令他擔任自己的親信，讓他待在身邊繼續觀察情況。

「幸好梅雅莉不記得馬克達特身體被奪走時的事，所以不會怕他，只要不時叫梅雅莉跟他說說話，幫他打氣，遲早會恢復吧。」

感覺情況有點嚴重，不過只要交給馬克達特的摯友獸王處理，肯定不會有問題。

「好，我也該上去了。吃早餐的時候再聊。」

「好的。我再泡一下。」

難得有機會泡這麼大的浴池，得泡久一點才行。

「唔喔喔！你以為這樣就能贏我嗎！」

「嘖……別小看我。和北斗先生打模擬戰訓練出的腕力，可不只有這點程度！」

「很會說大話嘛！」

我看著不知為何開始比腕力的雷烏斯和奇斯，盡情泡了個澡。

之後我們在獸王的款待下品嘗到豪華的早餐，跟獸王與奇斯一同來到在馬克達特房內發現的祕密通道前。

馬克達特說他對於巧妙地藏起來的通道一無所知，八成是身體被貝爾弗德占據時弄的。

風聲在沒有光源、只看得見一片黑暗的通道中迴盪，醞釀出一種詭譎的氣氛。我不覺得可怕，不過真不想踏進這種地方。

「嗷！」

「天狼星少爺，裡面有種討厭的感覺。」

「對啊。有一點血腥味，離這邊很遠就是了。」

北斗和兩姊弟豎起耳朵及尾巴，站在獸王勉強才擠得進去的狹窄通道前叫我小心。我早就知道這不會是什麼好地方，看來最好多加留意。

「唔……這地方確實頗陰森的，但一直裹足不前也不是辦法。我走在最前面吧。」

「請等一下。至少等我確認通道有多長再進去。」

路上有陷阱都不奇怪。

我叫住獸王，用「探查」調查地下，看來這條通道不是往地下蓋的，而是走一段距離就會回到地面。

「看來他沒有在地底搞鬼。好像有陷阱，由我帶頭吧。」

「那就交給你了。我想問一下，那是你的魔法嗎？」

「是的，大概是只有我會用的魔法。」

只要搞清楚雷達的構造，或許就能使用，可是就算只搜尋狹窄的範圍，同樣會消耗大量的魔法，目前只有我駕馭得了吧。

我們讓北斗負責殿後，踏進祕密通道，邊走邊用「光明」的魔法照亮前方……

「……嗷。」

「大哥，北斗先生說好窄。」

「畢竟這條路連獸王陛下走起來都嫌擠。啊，北斗先生，背上的毛勾到了。」

「啊……抱歉，北斗你先回去。繼續前進好像會通往森林的某處，你從外面聞我們的味道追上來吧。」

「嗷嗚……」

我轉身背對北斗那令人愧疚的視線及叫聲，在單調的通道上走了一段時間，停下腳步。

「怎麼了？前面還有路吧？」

「不，繼續前進會觸發陷阱。正確的路是這條。」

通道前方好像有個小廣場，那裡有無數可疑魔法陣的反應。貝爾弗德是個戒心重的人，肯定是用來阻擋侵入者的陷阱。

我將手放在離「探查」偵測到的反應最近的牆壁上，注入魔力，牆壁便慢慢移動，出現一條新通道。

「真謹慎。要是我們沒聽你的忠告，先派士兵進來，搞不好就中陷阱了。」

在新出現的道路上走沒多久，便來到地上，那裡是城堡後方的遼闊森林內。

我們立刻跟循著氣味追過來的北斗會合，尋找人類走過的痕跡，在森林內前進。有時會有魔物來襲，雷烏斯跟奇斯會比賽誰打倒的魔物比較多，所以不用花多少力氣處理。

差不多過了三十分鐘，我們戒備著魔物不斷走著，抵達底部有條大河流經的山谷。

我謹慎地調查那座深谷，發現懸崖峭壁上有個洞窟。

我們不僅繞了從城裡看得見的山半圈，洞窟入口又有部分被隆起的岩石擋住，若不刻意尋找，八成找不到這個地方。

「嗯……我知道這個地方的存在，卻不知道這裡有座洞窟。」

「老爸，你看。那個入口的大小，昨天看到的那隻怪物龍應該也進得去。」

「那我們要怎麼進去？拜託菲亞姊分批把我們送進去嗎？」

「最好直接開一條路過去，這樣我們也有退路。獸王陛下，關於給我們的報酬，可以請您提供魔石嗎？」

「行。愛怎麼用就怎麼用。」

我們移動到洞窟正上方，我發動「探查」確認通道的位置，用魔石的「土工」直接從地面做了條道路，侵入洞窟內部。

然後一面留意陷阱，一面前進，在洞窟最深處終於發現貝爾弗德的研究設施……看見慘不忍睹的畫面。

「這、這什麼地方!?」

「唔唔……這個味道，我快不能呼吸了。」

「我也是……」

一言以蔽之，眼前的景象十分異常。

在洞窟裡突然出現的巨大空間，到處濺滿疑似魔物血液的液體。岩石表面徹底染成暗紅色，大概是重複過好幾次噴到血又乾掉的過程。

砍下來的魔物器官堆在廣場角落，其中還有特別大顆的龍頭及四肢。顏色及大小我都有印象，推測是沒用在三頭龍身上的部位。

任誰來看都能一眼看出這個地方做過不人道的實驗，血腥味及腐臭味讓人不想久待。

「莉絲最好不要看。離遠一點。」

「嗯、嗯，那我到後面去。」

「艾米莉亞和雷烏斯也是。北斗，幫我保護好他們三個。」

「好……的。再待下去，我的鼻子可能會出問題。」

「抱歉，大哥。」

「嗷嗚……」

這個味道對於嗅覺敏銳的兩姊弟及北斗來說，等同於酷刑。他們實在受不了，便乖乖聽從我的指示。

這次換成兩人加一隻的視線害我良心不安，跟菲亞、獸王、奇斯三人一起開始搜索廣場。

我用布掩住鼻子，四處走動，視線可及之處都是屍體，看得都不耐煩了。唯一的救贖是沒看見獸人犧牲者。

「嗯……都是魔物的屍體。你那邊呢？」

「一樣。對了，菲亞，不舒服的話趕快回大家那邊。因為氣味比想像中還重。」

「嗯，受不了的時候我會抱住你，做好心理準備喔。」

「我很明白妳還撐得住了。」

我們邊說笑邊調查，奇斯發現被岩石遮住的地方有條岔路。

說是岔路，很快就走到了盡頭。那裡是一個小房間，有張用岩石雕成的桌子，上面畫滿複雜圖案的紙散落一地。

「看來貝爾弗德就是在這裡做研究。」

「都是畫有魔法陣的紙。他的熱情倒是挺值得稱讚的。」

「總之先收集起來吧。桌上……也有東西。」

石桌上放著一本攤開來的筆記本，確認沒有散發魔力後，我將它拿起來端詳。

「這是……研究日誌嗎？有幾頁上面也畫有魔法陣。」

「這啥東東？我怎麼看都是在亂畫，真的是魔法陣嗎？」

「可是，有種在哪看過的感覺。」

「不意外。這個恐怕是他畫在那隻叫三頭龍的魔物身上的魔法陣。」

這本筆記好像是用來記錄實驗經過的，內容大多是魔法陣，附帶魔法陣的效果及失敗處。

將書頁往回翻，從效果及用來實驗的魔物推測，甚至連畫在帕拉多的合成魔獸身上的魔法陣都有。

這麼重要的東西竟然還留著，挺可疑的，不過那傢伙就算真面目被人拆穿，仍然高興地談論自己的實驗。從他的行為舉止來看，隱約看得出他其實很想跟人炫耀，留下自己的紀錄或許並不奇怪。

「書上只有魔法陣嗎？如果有關於他真實身分的線索就好了。」

「沒有呢。倒是有像報告書的……嗯？」

沒用多久的筆記本只用了其中一半而已，還有一半是空白的。

而最後一頁上，除了三頭龍身上的魔法陣外還有一長篇文章。

「這是日記……嗎？可是看起來怪怪的。」

「是在這邊做實驗的紀錄。尤其是三頭龍的資料，寫得特別詳細。」

我隨便掃了一眼，上面的內容強烈傳達出他費了多少心思才做出三頭龍。真想叫他把熱情用在其他地方上。

以紀錄來說有點詭異的文章，最後以梅雅的事情作結。

「上面寫著前幾天三頭龍的實驗告一段落，他在期待用梅雅做實驗。」

也就是說，萬一我們再慢個幾天才阻止貝爾弗德的野心，他搞不好已經對梅雅伸出毒手。獸王和奇斯再度得知梅雅差點遇害，鬆了一口氣。

「呼，我女兒沒事真的太好了。」

「可惡，果然該由我親手幹掉那傢伙！」

「上面還寫了什麼東西？」

「……不。只有實驗紀錄，除此之外的東西一個字都沒有。」

我們接著繼續在房間及洞窟內搜查，沒有找到比這本筆記更有用的線索。

而且它只是記錄實驗用的筆記，到頭來還是不知道貝爾弗德是什麼人。

最後留下的筆記及資料……

「獸王陛下，您打算怎麼處理？」

「……只能銷毀了。這麼危險的東西，最好不要存在。」

「這樣真的好嗎？危險歸危險，只要能駕馭這個技術，您的國家肯定會變強喔？」

如果能像昨晚那樣自在地操縱龍，國家的戰力理應會大幅提升。有時要學會清濁併吞，才能維持一個國家。

我明知這個問題很失禮，還是帶著試探般的表情詢問，獸王只是露出得意的笑容。

「呵，你也知道吧？這力量太危險了。而且使用這股力量，就代表我叫人允許他在這邊做過的瘋狂行為。先不論我身為國王，從一個男人的角度來看，我無法接受。」

「嗯，那隻怪物確實強得異常。但我絕對不想依靠這種噁心的力量。」

「……他們是這樣說的。天狼星，你覺得呢？」

「我當然不需要這種力量。」

若是利欲薰心的惡徒，八成會以為了國家的名義叫人研究，幸好獸王很清楚這東西的危險性。

沒錯，這種扭曲的結晶不該留下。

我在地上畫了火焰的魔法陣，毫不猶豫燒掉房間裡的資料及手上的筆記。本來還想說如果獸王渴望得到這股力量，我將不惜與之一戰，幸好他是個高風亮節之人。

「之後得叫魔法部隊過來，把這一帶統統淨化掉。這種東西不該留下一絲痕跡。」

之後，獸王從城裡召來的魔法部隊將整座洞窟燒毀，一切都化為灰燼。

洞窟也用魔法徹底掩埋，這樣貝爾弗德的實驗就統統葬送在黑暗中了，不過還有一件事懸在我心上。

那本筆記的內容……是實驗紀錄沒錯，但也有點像報告書。

搞不好還有其他跟貝爾弗德一樣，或是地位在他之上的存在。

可能只是我多心，不過今後最好也要記得有這樣的敵人。

※　※　※　※　※

我們住進亞比特雷城後，轉眼間過了好幾天。

「早安，天狼星少爺。」

艾米莉亞一如往常地叫我起床，我稍微伸展一下身體，品嘗她在這段期間泡的紅茶，換好衣服。

「不曉得是不是地點的關係，有種變成貴族或王族的感覺。」

現在，我分到的房間是給一個人住稍嫌寬敞的單人房。順帶一提，雷烏斯也住在同樣的房間，女性組則三個人分到同一個大房間。

我不介意跟雷烏斯睡一起，小房間也無所謂，可是基於女性組的要求，獸王準備了我專用的單人房。

「不過這對我來說有點太奢侈了。」

「畢竟天狼星少爺喜歡住小房間嘛。」

「我只要有能吃飽喝足的錢和跟徒弟在一起就夠了。」

「我只要能照顧天狼星少爺就很幸福了。」

說實話，這個待遇害我有點坐立難安，可是能看到艾米莉亞幸福的笑容也不錯。

我按照慣例摸完艾米莉亞的頭後，離開房間走向城裡的鬥技場。

「唔哇啊啊啊啊啊啊——!?」

「呃啊啊啊啊啊——!?」

我和艾米莉亞一抵達鬥技場，就看到雷烏斯和奇斯的頭部用力撞上地面。

我已經逐漸習慣一大早就聽見兩人的慘叫響徹四周了。有些獸人好像還會把這當成鬧鐘用。若要詳細說明現在的狀況，就是跟伊莎貝拉進行模擬戰的兩人中了她的背摔。

是說伊莎貝拉的成長速度還真驚人。每天都用這招對付他們的話，照理說他們早該學會應對方式了，伊莎貝拉卻以狠狠把他們甩在後頭的速度，讓技藝愈趨精湛。

今天的背摔也完美成功，伊莎貝拉滿意地點頭，看到我們便微微揚起嘴角，跟我們打招呼。

「……早安。」

「早安。今天的狀況如何？」

「……還有得學吧？不過，剛才那個是第一次。」

唔，還是第一次中她的背摔嗎？昨天我來的時候，他們已經被砸在墊子……不對，砸在地面上兩、三次了。

看來雖然打不贏她，跟伊莎貝拉的戰鬥確實讓雷烏斯有所成長。

接下來輪到雷烏斯和奇斯跟我對練，因此我在旁邊做暖身運動，等待兩人復活，發現伊莎貝拉目不轉睛地盯著我。

「那個，請問您找我有什麼事嗎？」

「……想麻煩你教我更多招式。」

「招式？您指的是摔角技嗎？」

伊莎貝拉面無表情地用力點頭，表示我說得沒錯。

這位王妃好像非常喜歡摔角技。雷烏斯八成想不到當時對她使出背摔，會導致自己被同樣的招式伺候好幾次。

不過，隨便教她這些東西好嗎？在我煩惱之時，率先從地下鑽出來的奇斯跑來向我哀求。

「求、求求你老師！別再教我媽那麼難纏的招式！」

他慌到不顧形象了。

也是，拿來對付自己的招式變多，誰都會不高興。講點題外話，奇斯前幾天跟我進行模擬戰輸掉後，就改口叫我老師了。獸人很容易這樣，除非對方是明確的仇敵。

因此我可以體會奇斯的心情，可是伊莎貝拉也很期待。

「我知道講這話很殘酷，不過是你自己閃不掉人家的攻擊喔？再說，那一招要對手露出破綻才能奏效。」

很多摔角技都是表演性質強烈的招式，同時也是以對方會硬扛下來為前提的招式。

必須懷著絕對不會中招的覺悟，維持絕對不會露出破綻的適度緊張感，因此身為教師反而想多傳授她幾招。

「唔……呼啊！大哥說得沒錯，奇斯。只要我們變強到不會被她抓住就行了。」

「你很清楚嘛。那雷烏斯，炸彈摔和巨人螺旋摔……你覺得要教她哪一招比較好？」

「給我選嗎!?我想想……巨人比較好……吧？可以鍛鍊那個叫平行什麼東西的。」

「…………」

「那、那名字怎麼這麼可怕!?媽妳也是，眼睛不要發光啊！」

「這麼不甘願的話，如果你在等等的模擬戰能擊中我一下，我可以考慮改變主意。將一切轉化成力量，放馬過來吧。」

「真、真的假的！好、好……這次我一定要打中！」

結果……伊莎貝拉的招式多了招巨人螺旋摔。

看來奇斯還得繼續苦惱，直到他變得跟雷烏斯一樣看得開。

之後，我們和起得比較晚的莉絲跟菲亞會合，做完晨練才去吃早餐。

本來身為客人的我們應該要自己吃早餐，在梅雅的提議下，跟獸王一家共進早餐成了我們的例行公事。

「大哥哥，今天也麻煩你了。」

「好。仔細看這根手指。」

大家坐在桌前等待早餐準備好，旁邊的梅雅拉了拉我的袖子，於是我看著她的眼睛，慢慢搖晃手指。

「……這些食物可以吃。我手一拍，妳就能放心吃飯了。」

我按照宣稱內容拍了下手時，早餐剛好送上桌，大家便開始用餐。至於以前中過毒，非得由格蕾特先試毒才吃得了東西的梅雅，現在……

「梅雅莉大人，您吃得下嗎？」

「嗯！」

格蕾特在一旁擔心，梅雅則自己伸手將食物送入口中。看到她把湯喝得一乾二淨，沒有嘔吐，笑著用小嘴咀嚼大塊的麵包，格蕾特鬆了口氣。

「……太好了。」

「嗯，都是多虧大哥哥幫我用的魔法。」

我跟梅雅說那是魔法，其實是暗示。

要有人幫忙試毒才吃得了東西，說到底是精神方面（心靈創傷）的疾病使然，靠暗示治療應該挺有效的。

「不過，說不定以後可以不用魔法了。」

「是、是嗎？」

「嗯，肯定可以的。現在妳不就在正常吃飯嗎？」

這件事我沒告訴梅雅，其實我早就沒對她下暗示了。

我只有剛開始幾次有真的下暗示，這幾天都只是隨便講幾句話而已，即所謂的安慰劑效應。重複幾次之後再告訴她真相，應該就不會再需要我的幫助了。

然而，梅雅可是一國的王女，或許不一定要徹底治好。因為雖說現在他們會謹慎管理食材，總要考慮到意外發生的情況。

即使如此，我還是決定要幫梅雅治療。

第一次見面時看到她拚命忍住不吃燉菜的模樣，我實在不忍心。

她年紀還小，我希望她能更自由地享用美食。

到頭來……凡事都要適度，時常維持警戒只會害精神疲勞。

「真的沒問題嗎？我不是在懷疑老師你，可是，總覺得有股不祥的預感。」

「這個暗示的範圍限定在『只有眼前的食物是安全的』，危險性不高，你大可放心。」

我建議用暗示幫她治療時，除了梅雅外，獸王一家都面有難色。他們親自中過暗示，為此大吃苦頭，會有這個反應也很正常。

偷聽到這段對話的梅雅本人卻說想試試看，獸王他們只得同意。這家人真的很寵梅雅。

當然，知道這件事的只有我們跟獸王一家，我也解釋過暗示是只有我會用的方法，才開始為梅雅治療。

「不只格蕾特，連內人及小犬都被人操控，所以我本來還覺得那是邪惡的手段，沒想到還有這種用法。」

「跟武器一樣。無論什麼東西，都要看使用者的心態。」

「正是如此。奇斯，你也要好好記住。」

「哼！用不著你說，我親身體會過了，所以你放心吧。」

「那就好。」

聽見兒子的回答，獸王滿意地點頭，望向梅雅，嚴肅的表情瞬間瓦解。

「唔唔……看著女兒的笑容吃飯果然最棒了。手根本停不下來。」

「真的。光配她的笑容我就能吃三碗飯。」

「……嗯。」

這對夫妻和哥哥還是老樣子，我偷偷嘆氣，思考今天的計畫。

因為我答應了伊莎貝拉的要求，現在是梅雅的老師。

說是老師，也只是在馬克達特恢復精神前代替他的臨時教師，期間只有半個月左右。也就是說，貝爾弗德的事件落幕後，我們依然留在城內，全是為了我的新學生。

飯後就輪到梅雅的上課時間了。

根據貝爾弗德所說，梅雅容易受到獸人喜愛，原因在於她會自然散發特殊的魔力。因此我最先教她的是控制魔力的方法。

我手把手地指導她，目標是讓她學會之前因為時間不足的關係，只教到一半的「增幅」完全版，以及憑藉自身的意志控制體內的魔力。

「呼……怎麼樣？」

「還不錯。那這次練習讓魔力集中在右手吧。等妳習慣再練習左手和右腳同時，慢慢提升難度。」

「是，老師！」

梅雅平常都叫我大哥哥，只有上課時我要她叫我老師，順便訓練她要對長輩有禮貌。

仔細教過她之後，我深深感受到梅雅滿有天分的。

起初她因為經驗不足，有許多多餘的動作，不過短短兩天就成功讓魔力在體內循環了。

不愧是那對夫婦的女兒。

做完集中魔力的訓練後，接著是不讓魔力外洩的訓練，然而……

「……加油。」

「嗯！」

陪在梅雅旁邊的伊莎貝拉動不動就為她加油打氣，害我很難上課。

除此之外……

「梅雅莉，加油。爸爸無時無刻都在守護妳！」

「哥哥也是！」

還有從門縫間偷看，開啟脫線開關的國王及王子。

不知不覺全家人都跑來了，跟教學觀摩一樣。

「……無關的人請離開。」

「走了啦，奇斯。來想下次怎麼防住伊莎貝拉小姐的招式吧。」

「我、我有更重要的事要做……啊——！」

「獸王陛下！您還有一堆工作要處理，請盡快回房！」

「再、再等一下！我想將愛女努力的模樣烙印在眼——啊——！」

獸王和奇斯被來找奇斯訓練的雷烏斯，以及化為工作狂，彷彿要拋開一切的馬克達特拉走，伊莎貝拉則把梅雅放在自己的大腿上，面無表情地開始摸女兒的頭。

進步幅度大到之前她連摸梅雅的頭都會怕，彷彿是騙人的。

本以為梅雅這麼備受寵愛，是因為她釋放的魔力，不過據我推測，效果應該沒那麼強。

雖然不知道她全力解放魔力會怎麼樣，正常生活的話頂多只會讓其他人對她產生興趣，或是放鬆戒心吧。當然僅限於獸人。

再加上她是國家的公主，以及本來就很可愛，才會誕生這異常的魅力。至於獸王他們，還得加上親情的加持。

「……我，礙到你們了？」

「不，怎麼會。」

由於伊莎貝拉一逮到機會就想疼愛女兒，我們被迫休息好幾次，但我認為這是必要的，只能接受了。

因為對於現在的梅雅而言，感受母愛比訓練控制魔力更重要。

話雖如此，放著不管她會一直摸下去，差不多該阻止她了。

「我想重新開始訓練，請伊莎貝拉小姐放開梅雅。」

「…………」

「不要默默蹭她臉頰。這是為了令嬡好，請忍耐。」

「……再一下。」

我已經搞不清楚是誰在撒嬌了。

先前打過的那一場，讓我和伊莎貝拉變成講話不用拐彎抹角的關係，不過現在比起女兒，要讓母親聽話反而更加困難。

之後在我的說服下，鬧起脾氣的伊莎貝拉乖乖去找雷烏斯他們，終於可以繼續幫梅雅訓練。

訓練開始前，我聽見鬥技場傳來兩名男性的慘叫聲，決定假裝沒聽見。

「我能理解妳想跟媽媽撒嬌的心情，可是現在在做訓練，請妳專心上課。妳不跟她講的話，那個人就不會離開。」

「對不起。因為媽媽會摸我頭，我不小心就……」

「哎，看妳們感情這麼好，我也很高興。」

「嘿嘿嘿……嗯！跟老師和大姊姊她們一樣對吧？」

梅雅露出燦爛的笑容，其實她已經知道自己擁有特殊的魔力了。

還是小孩子的她可能難以理解，但一名少女的一舉一動可能會影響整個國家，所以我還是跟她說明了一遍。

要她知道自己的能力影響力有多大。

雖說不是她自己想要的力量，既然事情已經發生，這就是必要的。

告訴她這件事時，我最擔心的是她誤會自己之所以能受到他人的寵愛，全是因為魔力的關係，但面對伊莎貝拉笨拙又率直的愛情，似乎是我白擔心了。

只要對她灌注家人的愛情，至少不會把她養成一個扭曲的人。

相對的，梅雅也有可能變得任性妄為，這部分就要靠獸王他們自己努力了。看到她的父母及兄長那副德行，我還滿擔心的。

「不過有時候，我會覺得爸爸跟媽媽更像小孩子。我要加油才行。」

「我懂妳的心情，可是就算大家看起來像小孩，終究比妳還要成熟。所以遇到困難或問題的時候，不要自己煩惱，要跟其他人好好商量。」

不安歸不安，沒有必要著急。

梅雅身邊有很多願意保護他的人，只要慢慢長大就行了。

「好，再做一次集中魔力的訓練吧。這次換左手跟右腳。」

「是！」

少女精神煥發地回答，臉上綻放出耀眼如太陽的笑容。

《終章》

梅雅的課程告一段落，距我們離開亞比特雷的日子愈來愈近。

我跟獸王商量好今後的計畫後，來到馬克達特的房間。

「天狼星先生，你找我有什麼事呢？」

「嗯，想跟你聊聊梅雅的事情。」

馬克達特遲早會變回梅雅的老師，我想請他好好指導梅雅，以免她往錯誤的方向成長。正因為他擁有像這起事件那樣的辛酸回憶，才能從跟家人不同的方向糾正梅雅。

我將自己想得到的梅雅將來的可能性，統統告訴馬克達特，馬克達特苦笑著點頭。

「的確，梅雅莉大人如此可愛，你的推測很可能成真。我雖然還無法原諒自己，總有一天，等我回到梅雅莉大人身邊……我會想起你說過的話。」

他是經驗豐富的大人，或許根本用不著我多嘴。

我又跟他閒聊了幾句，才跟馬克達特道別，接著來到格蕾特的房間。

她因為企圖暗殺我的關係正在關禁閉，被拔除了梅雅護衛的職位。由於她的行為是暗示導致的，獸王沒打算罰太重，但她自己無法原諒自己，便主動要求受罰。

三頭龍造成的傷勢明明已經痊癒，格蕾特卻無精打采，隔著桌子與我相對而坐。

「怎麼了？」

「妳之前想殺我，我還沒懲罰妳對吧？」

「嗯。要我……陪你睡一晚嗎？」

「不用了。做為處罰，我要對妳下一個暗示，妳先不要動。」

我無視聽見暗示一詞，嚇了一跳的格蕾特，將手掌對著她。

確認她還戴著手環後──儘管被那東西整得很慘，那對她來說似乎是重要的飾品──我開口說道。

順帶一提，貝爾弗德複製的魔導具已經由我親手徹底破壞。因為那個複製品是用來做壞事的，跟師父基於無聊的原因製造的魔導具不一樣。

「格蕾特．利可耶爾，把我接下來說的話記在心裡。」

「咦？那個手環不是已經……」

「如果梅雅不聽其他人的反對，走向歪路……妳要拚上性命阻止她。就算……會被梅雅討厭。」

「!?」

「……我要說的就這樣。我很想確認暗示有沒有效，但我最近就會離開這個國家，無法親自確認。所以之後全要看妳自己了。」

「利可耶爾」是讓對象比較容易中暗示的手環啟動語，不過那個手環的功效已經徹底消失。而且我只是正常跟她講話而已，不可能中暗示。

我特地跟她講這些，是想給格蕾特一個原諒自己的機會，以及讓她重新確認為了梅雅，她必須做些什麼。

因為她跟馬克達特一樣，得站在跟家人不同的角度守護梅雅。

我沒聽她的回應就轉過身去，走出房間，感覺到格蕾特在背後對我行禮，大概是我的意圖傳達到了。

做完該做的事，我回到房間，迎接我的是在房裡等我回來的弟子們。

我並沒有特別找他們來，不過基本上，大家的習慣就是晚上會到我房間集合。

我在坐下的同時接過艾米莉亞幫忙泡的紅茶，吁出一口氣，發現喝紅酒的菲亞正在看我。

「辛苦了。看來交涉順利囉？」

「嗯。我獲得不少報酬，短時間內應該不用煩惱沒錢。這樣就能繼續旅行了。」

「梅雅的課上完了嗎？我聽說她才剛學完魔力的基本操作方式。」

「關於這件事，跟魔法比起來，那孩子好像更喜歡活動身體。明天開始要跟伊莎貝拉小姐一起訓練的樣子。」

比起魔法，她們似乎更喜歡純粹的力量，果然是母女。

魔力的控制法我們已經反覆練習過好幾次，剩下只要讓她照自己喜歡的方式成長即可。

而且梅雅好像是和雷烏斯接近的類型，比起上課更擅長靠本能學習。而伊莎貝拉也是本能型，目前應該沒有比她——比母親更適合她的教師。

「沒、沒問題嗎？」

「我懂妳的心情，但我覺得不用擔心。」

看到雷烏斯和奇斯被修理成那樣，自然會不安，不過伊莎貝拉不可能那樣對梅雅。情況真的不對的話，獸王應該也會阻止。不如說據我推測，梅雅長大後，這對母女可能會面不改色地互毆。

「而且除了家人，還有其他人在一旁關心她。之後就交給當事人自己處理吧。」

「關心她的人呀……是說，你竟然這麼輕易就原諒格蕾特。」

「見一個恨一個會沒完沒了。這對艾米莉亞來說是個不錯的經驗，這樣就夠了。」

罪魁禍首消失了，我們也沒有損失，寬容一點方為上策。

我摸著坐在旁邊的北斗和艾米莉亞的頭，悠哉地消磨時間，這時有客人敲響大門走了進來。

「我拿到一瓶不錯的紅酒，你們要不要陪我喝幾杯？」

「北斗大人，請再讓我騎到您背上！」

「……我也來了。」

「雷烏斯，休想贏了就跑！這次我們來比這個！」

獸王單手舉起紅酒杯，梅雅和伊莎貝拉和睦地牽著手，奇斯拿著桌上遊戲，氣氛瞬間熱鬧起來。

雖然寬敞的房間頓時變狹窄了，這樣也不錯。

來到亞比特雷最值得高興的事，就是遇見新的學生和這樣的一家人，締結新的羈絆。

我看著無關身分、自由嬉戲的一家人，露出滿意的微笑。

粉碎貝爾弗德的野心，將那傢伙的實驗紀錄燒毀後，過了數日。

馬克達特跟格蕾特雖然留下痛苦的回憶，除了城堡的一部分被三頭龍破壞外，沒有嚴重的損害，因此我們決定隱瞞一些真相。

首先……貝爾弗德不只名字，整個人的存在都被隱瞞了。

說起來，讓謎團重重的那傢伙的存在攤開在陽光下，可能會導致那場不人道的實驗傳開，所以跟其他人說明時，貝爾弗德這個人直接被當成不存在過。

幸好見過貝爾弗德的只有我們跟獸王一家、馬克達特、格蕾特，只要大家都守口如瓶，應該就不會傳出去。是那傢伙謹慎的個性唯一派上用場的地方。

無法掩飾的三頭龍襲擊事件，則對外界放出「突變的龍帶著一大群林克龍當手下攻擊城堡」的風聲。

可能多少有些引人懷疑的部分，不過一堆人因為大量頗為稀有的翼龍——林克龍的屍骸從天而降，忙著解剖屍體，導致他們在修復毀損部位時就忘記起疑了。

講點題外話，林克龍的死因是莉絲用水讓牠們窒息而亡，屍體幾乎沒有受到任何損傷，所以那些人高興得不得了。報酬也給得特別多，再加上獸王給我們的獎賞，暫時不必為錢煩惱了。

就這樣，亞比特雷恢復日常生活後，我答應獸王夫婦的要求，幫梅雅訓練。

我繼續幫她訓練之前沒教完的魔力控制法，現在梅雅已經能自在地強化視力。

等到她的身心都理解體內的魔力流向，我對梅雅提出一個問題。

「好，妳已經學會控制魔力了。差不多該進入下一階段，在那之前，我有件事想問妳。妳想變得更強嗎？如果妳排斥戰鬥，維持現狀就行……」

「我……想變強！強到不會害大家擔心。」

「那來想想看妳要往哪個方向發展吧。有沒有什麼想法？」

「方向？」

「要用魔法戰鬥，還是要用武器或自己的身體戰鬥的意思。用我的徒弟來譬喻的話，就是看妳比較喜歡莉絲還是雷烏斯的戰鬥方式。」

我詳細說明看她要跟莉絲一樣以魔法為中心鍛鍊，還是要跟雷烏斯一樣鍛鍊自己的身體，梅雅微微歪頭，開始煩惱。

「……好可愛。」

伊莎貝拉面無表情——不，她在內心露出恍惚的表情看著梅雅。

補充說明一下，這個房間目前只有我和梅雅，以及站在角落避免妨礙我們的伊莎貝拉三個人。

在母親的注視下，梅雅煩惱了一會兒，看了伊莎貝拉一眼，直盯著我說：

「我……想用身體戰鬥。因為我想變得跟媽媽一樣！」

「!?」

聽見這句話的瞬間，伊莎貝拉彷彿被雷劈到，耳朵及尾巴倒豎，站都站不穩了。好吧，最喜歡的女兒說出這樣的話，自然會大受震撼。

不過……她想變得跟母親一樣啊。

我講課的時候常看到她靜不下心，比起坐著聽課，梅雅果然比較喜歡活動身體嗎！

我自認很有道理，這時，恢復正常的伊莎貝拉慢慢走向梅雅。

「……真的？」

「嗯！媽媽那個時候超帥的！」

「……可是，我沒有打贏喔？」

「不是贏不贏的問題。我想變得跟媽媽一樣快！」

的確，我和伊莎貝拉的對決以平手作結，不僅如此，梅雅當時還對母親的變化之大感到困惑及恐懼。

但她的心底應該也有對伊莎貝拉的力量抱持憧憬。

被女兒投以充滿期待的視線，伊莎貝拉她……

「…………」

「哇!?媽媽，妳流血了！」

因為太過高興而流鼻血了。

任誰來看都足以稱作美女的伊莎貝拉流鼻血的模樣，實在有點……不，莉絲的家人也會這樣，或許並不稀奇。我說的當然是那位熱愛妹妹的紅髮王女。

「真是的，我幫妳擦乾淨，不要亂動喔。」

「……嗯。」

此情此景讓人分不清誰才是母親，不過看她們感情如此融洽，比什麼都重要。

這對母女醞釀出安詳的氛圍，至於房外……

「唔……唔唔……好羨慕。我也希望女兒幫我擦血！」

「老爸，我們也來流鼻血！來互毆吧！」

把政務和課業晾在一邊的父子倆，散發嫉妒的氣息從門縫間偷看。

他們一副隨時要衝進房內的樣子，卻立刻被馬克達特和親信帶走，這也是一如往常的景象。

總而言之，梅雅決定跟母親學習武術了。

我對格蕾特下達虛假的暗示，跟弟子們報告梅雅的教學成果的隔天。

梅雅一大早就和我們一起來到城裡的鬥技場，以履行跟伊莎貝拉學習武術的約定。

伊莎貝拉之所以不在，好像是為了做準備，先帶著雷烏斯和奇斯去那邊等待。所謂的準備大概是心理方面的準備，做點運動好讓心情平靜下來。

老實說，負責教人的是伊莎貝拉，我們沒必要到場。

然而我個人挺好奇的，梅雅也說希望我們到場，我們才會跟她一起來。

「不知道媽媽會教我什麼。」

「要期待是可以，但我覺得會先從最基本的鍛鍊體力開始。無論要做什麼，體力都是最重要的。」

「不過才剛開始而已，她應該不會叫妳做太激烈的訓練。不要緊張，放輕鬆一點。」

「嗯！」

聽見菲亞這句話，梅雅露出安心的笑容，這時我發現鬥技場傳來危險的氣息。

我疑惑地踏進鬥技場，看見獸王跟伊莎貝拉在那邊吵架。雷烏斯和奇斯倒在夫婦腳邊，但這沒什麼好奇怪的，無須在意。

話說回來……那兩個人吵成這樣還真稀奇。伊莎貝拉雖然情感淡薄，他們基本上是對和睦的夫婦。

看到爸媽在吵架，梅雅顯得十分不安，因此我走上前跟他們搭話。

「我把梅雅帶過來了，請問怎麼了嗎？」

「嗯？噢，是你們啊。讓你們見笑了。」

「不會，方便的話，可否請您說明一下狀況？說不定由其他人介入，很快就能解決了。」

「說得也是。其實聽見內人要用那東西幫梅雅莉特訓，我實在很擔心。」

獸王望向木製的背籠、大小各異的岩石，以及裝滿沙子的沙袋。

我大概猜得到那些東西的用途，為何獸王表情如此嚴肅？

「呃……請問有什麼問題嗎？」

「這還用問嗎？梅雅莉從來沒拿過比刀叉更重的東西！要是她因此受傷怎麼辦！」

「……我還沒說要用。」

「但妳有那個打算對吧！與其讓那孩子背負重物，不如我來代替她！女兒的負擔就是我的負擔！」

這人還是一樣溺愛女兒……過度保護。

總之，這樣下去無法開始訓練，因此……

「……北斗。」

「嗷！」

「做、做什麼!?唔啊啊啊啊啊啊──!?」

在我的命令下，北斗叼著獸王，硬逼他離開。

這不是對一國之君該有的態度，可是獸王還得處理政務，維持國家運作，應該要早點回去。

「唔!?奇斯啊，剩下就拜託你了了了了──」

「交給我吧，老爸。我會代替你保護梅雅！」

又不是在交代遺言，拜託你不要帶著那麼凝重的表情仰望天空。

獸王的吶喊逐漸遠去，伊莎貝拉重新望向梅雅，慢慢走近她，說明訓練內容。

「……先跑步。」

「就這樣？」

「……我想先鍛鍊妳的體力，還有看看妳的動作。」

她應該是想觀察梅雅的動作及習慣，而不只是鍛鍊她的基礎體力。

梅雅不明白母親的用意，面露疑惑，笑著凝視妹妹的奇斯頭上忽然掉下一堆石頭。

「唔喔!?媽，妳幹麼突然用石頭砸我！」

「……你用那個。」

奇斯急忙接住那堆石頭，伊莎貝拉冷靜地說。

簡單地說，好像是要他扛著石頭跑步，奇斯沒有放下石頭，而是直接背在背上。

「欸，你不用接住，直接閃開不就得了？」

「笨蛋！萬一我閃掉害碎片傷到梅雅莉怎麼辦！」

「是我有問題嗎？」

「雷烏斯，放心吧，你是對的。」

純粹是奇斯太偏激。

雷烏斯無視傻眼的我，燃起競爭意識，背起跟奇斯一樣大的石頭。這樣也能當成訓練，所以我沒多說什麼。

「……那你們都跑十圈鬥技場。跑到一半石頭掉下來的話再加十圈。」

「喔！」

「我呢？」

「……之後再決定。現在先跟我一起跑步吧。」

伊莎貝拉邊說邊扛起跟兒子一樣大的石頭，跑了起來，梅雅一臉不服地追上去。或許是在為只有自己沒背任何重物而感到不滿及焦急。

「……不用擔心。」

「……咦？」

「……不必急。妳只要慢慢成長就行。我……我們會一直在旁邊守護妳。」

聽見笨拙卻貼心的這句話，梅雅高興地點頭，繼續向前跑。看到獸王和奇斯那個樣子，我本來還在擔心，結果她教起女兒還挺有模有樣的嘛。

由於沒有其他事可以做，我們也跟著一起跑步，跑了十圈後停下來觀察梅雅的狀態。

「……累了？」

「還撐得住！」

雖說只是慢跑，這段距離並不短，梅雅卻還很有精神。

視力不佳再加上其他人過度保護的態度，讓我對梅雅有種體力不好的印象，不過看她還保有這麼多餘力，梅雅似乎挺有潛力的。不愧是那對夫婦的女兒。

「……那接下來換背這個跑五圈。小心別弄掉。」

稍微休息過後，伊莎貝拉放了幾個沙袋到事先準備好的背籠裡，讓梅雅背在身後。

「咦？只有這些嗎？好輕喔。」

「……跑了就知道。你是這個。」

「唔喔!?」

奇斯則被塞了比剛才更大的石頭。

怎麼看都會覺得只有奇斯受到不當的待遇……

「媽！讓梅雅莉背這麼重的東西太急了吧，而且五圈太多！一圈就夠了！」

當事人卻毫不介意，反而還在擔心自己的妹妹，看起來一點問題都沒有。我家的雷烏斯當然也扛著同樣大小的石頭。

「背重物跑步呀。最近沒什麼機會，不過以前每天都會這樣訓練呢。」

「她讓人背東西跑步的理由，跟天狼星一樣嗎？」

「嗯。因為果然還是靠身體記住最快。」

讓梅雅背重物不只是要增加負擔，同時也是要告訴她身體的重心有多重要吧。

梅雅在不知情的狀況下，若無其事地開始跑步，因為平常沒有背負重物，動作變得愈來愈僵硬。

她的速度開始下降，注意力分散，不小心被石頭絆倒，摔了一大跤。

「啊嗚!?好痛……」

「!?」

背籠裡的沙袋差點掉出來，砸到梅雅的後腦勺，幸好伊莎貝拉迅速跑過來接住沙袋，才沒有發生意外。

託她的福，梅雅只有膝蓋磨破一點而已，但剛才的畫面使我產生一個疑惑。

然而，我根本沒時間解開疑惑。因為……

「梅雅，沒事吧？讓我看看——」

「怎麼會這樣!?衛生兵！衛生兵——！」

「快找會用治療魔法的人過來！十萬火急！」

不只奇斯，連被抓回書齋的獸王都趕了過來。

看晚來一步的北斗一副愧疚的模樣，似乎是被獸王甩掉了。對女兒的愛，讓他發揮出意想不到的力量。

比誰都還要激動的父子倆推開想幫梅雅治療的莉絲，在爬起來的梅雅面前不停哭喊。

「那個，我要幫梅雅治療，請兩位稍微離——」

「很痛吧？去休息，別再訓練了。」

「哥哥背妳到醫務室。來，趴到哥哥背上！」

「不用那麼擔心，這只是一點小——」

「梅雅莉——！」

「北斗，拜託你了。」

「嗷！」

「呃啊!?」

北斗的掃尾攻擊強制趕走這對父子。莉絲還滿會使喚北斗的嘛。

就這樣，礙事的人遭到排除，莉絲仔細檢查梅雅的傷口，正準備用魔法治療，我悄聲制止了她。

「咦？可是她有點流血，最好治療一下吧？」

「不，我希望妳不要把傷口完全治好。這樣會害她的努力變得毫無意義。」

照理說要跟那兩個人一樣驚慌失措的伊莎貝拉一句話也沒說，只是坐在梅雅旁邊摸她的頭。

再說，以伊莎貝拉的體能，別說沙袋了，應該連梅雅跌倒都能阻止，她卻沒這麼做。

推測是想讓她習慣受傷。因為活著是避不了傷痛的。

即使如此，她好像還是不忍心看女兒受傷。看到伊莎貝拉彷彿在忍耐什麼，莉絲察覺到我的意圖，點頭搜起自己的收納包。

「我還是簡單處理一下。細菌跑進去就糟了。」

莉絲用魔法製造水，稍微清洗傷口，用乾淨的繃帶包紮好。這樣還是多少會覺得痛，應該能滿足伊莎貝拉的要求。

然而，知道莉絲技術有多好的梅雅雖然沒有不滿，還是疑惑地歪過頭。

「這樣就好了嗎？」

「嗯。只是一點小傷而已，這樣就行了。」

「……痛得跑不動了？」

「不會，我還能跑！跟媽媽之前受的傷比起來，一點都不痛。」

「……那再跑一下吧，慢慢來沒關係。」

本來應該要阻止她，避免傷口裂開，但莉絲幫她緊急處理過了，只要最後再檢查一遍傷口就不會有問題。

北斗再度把獸王帶走後，梅雅精力十足地繼續慢跑，順利達成五圈的目標。

「……做得好。好棒好棒。」

「嘿嘿嘿！才這樣而已，很簡單！」

經過短暫的休息，伊莎貝拉將所有人叫到擂臺中心，搬來一塊石頭告知接下來的訓練內容。

「……接著是空手打碎這個。」

……難度提升得真多。

雖說那塊石頭大小只有梅雅的一半左右，第一次訓練就要空手碎石，我覺得有困難。剛才嚴厲卻溫柔地守護女兒的母親跑哪去了？

她講得太輕描淡寫，因此不只我們，連奇斯都啞口無言，伊莎貝拉瞥了石頭一眼，歪過頭。

「……太簡單了？」

「正好相反！梅雅莉可愛的小手怎麼可能打得碎石頭！」

「……可以的。因為她是我的孩子。」

她的表情毫無變化，語氣卻沒有一絲猶豫，奇斯瞬間語塞。

在我思考該不該插嘴時，奇斯似乎想到什麼好主意，輪流指著自己和那塊石頭，宣言道：

「那揍我好了。別揍石頭，揍我的肚子好了！」

「……也對。你比石頭還硬。」

「妳不反對嗎!?」

平常總是被吐槽的雷烏斯竟然吐槽了，這家人在各種意義上真的很厲害。

我也有很多想吐槽的地方，不過以梅雅的力量不太可能造成致命傷，比起岩石，揍人類的身體應該也比較不會對拳頭造成負擔，所以我決定不再多說。

只不過，梅雅好像對於要用家人當沙包感到排斥，面有難色地抬頭看著哥哥。

「真的要打哥哥嗎？哥哥又沒做錯事。」

「別擔心，哥哥很耐打，而且妳的拳頭跟搔癢一樣。不如說請妳搔我癢吧！」

儘管他不小心說出了一些真心話，哥哥為妹妹挺身而出的模樣挺偉大的。

然而，梅雅大概是覺得自己被人瞧不起，鼓起臉頰握住拳頭。

「唔！既然你這麼說，我一定把你打得哀哀叫！」

「哈哈哈，放馬過來！」

我們從來沒教過她如何戰鬥，因此梅雅只是朝奇斯的肚子全力揮拳，發出微弱的擊打聲。

「可惡！嘿！」

「呵呵……好癢。是說我竟然能成為第一個被梅雅莉揍的男人……我真幸福！」

不只拳頭，奇斯被踢也沒什麼反應，甚至露出幸福的笑容。總覺得獸王會再度出現，可是北斗這次拿出了真本事監視，他無法逃離。

先別管那個獨自沉浸在喜悅中的男人了，如奇斯所料，梅雅看起來拳頭並不痛，但這樣鍛鍊感覺沒什麼意義。

即使如此，梅雅依然繼續揮拳，伊莎貝拉輕輕抓住她的手制止她，看著女兒的眼睛緩緩訴說：

「……光揮拳是不行的。」

「那要怎麼辦？」

「……沒必要打那麼多下。一拳就夠了。」

她在同時朝沒人在的空間揮拳。

用來當示範的那一拳，動作美到堪稱專業的境界，發出撕裂空氣的銳利聲響。

「……然後，看仔細。以妳的眼睛一定做得到。」

「眼睛……我的眼睛看不了太遠耶？」

「……不對。要看的是其他東西。」

或許是無法用口頭說明吧，伊莎貝拉閉上嘴巴，只是盯著梅雅的雙眼。

本以為用眼神示意，梅雅大概也不懂，她卻筆直回望伊莎貝拉，似乎感覺到了什麼。

大概過了幾秒吧？互相凝視的母女像商量好似的同時點頭，梅雅重新站到奇斯面前。

「……哥哥，我要上了。」

「雖然不曉得媽媽教了妳什麼，我接受挑戰。讓哥哥見識見識妳的全力！」

伊莎貝拉一插嘴，奇斯也不敢大意，繃緊神情擺好架式。

梅雅再度揮拳，結果跟剛才沒差多少。

動作是有像伊莎貝拉沒錯，可惜離完美相去甚遠，多餘的動作太多，導致力量分散了。

「嗚嗚……不行。」

「哈哈哈，梅雅莉還有得學——噗呃⁉」

……奇斯卻在大笑出聲的同時倒下。

「咦？哥哥，不要鬧了啦。」

「不，他沒在跟你鬧的樣子。」

我走近奇斯調查，他是真的很難受，不是裝出來的。

和我交手時，伊莎貝拉的攻擊曾貫穿了身體的核心，梅雅似乎使出了類似的招式。

再加上她不只擊中了人體的要害之一心窩，還從呼吸判斷出對方最鬆懈的那瞬間出拳，才會連耐打的奇斯都痛得呻吟。

伊莎貝拉想告訴她的「看」，原來是指看清要害和時機嗎……

用不著特別說明，光是實際觀察一遍就能模仿兩、三成，看來梅雅果然是靠本能，而非理論學習的孩子。

而伊莎貝拉也是藉由本能理解事物的女性。

就跟她剛才斷定「她是我女兒，所以她辦得到」一樣，伊莎貝拉似乎發現了梅雅的潛能。

「該怎麼說呢，在各種意義上是個可怕的孩子。」

「就天狼星少爺看來，應該會期待她未來的成長吧？」

「是沒錯……」

老實說，我非常好奇梅雅今後會成長到什麼地步。

看這家人的態度，絕對不可能帶她走，不過真想讓她跟我們一起去旅行，加以鍛鍊。

「呵呵，這家人怎麼看都看不膩耶。」

「菲亞姊，現在不是笑那麼開心的時候吧。喂奇斯，會痛的話讓莉絲姊幫你看看。」

「嗚……嗚嗚，梅雅莉給予的痛楚……真是……太棒了。」

「天狼星前輩……」

「別管他了。對他來說……那樣肯定就是幸福。」

他不是喜歡被打，而是因為那是來自梅雅莉的攻擊，才會發自內心感到喜悅。若獸王在場，八成會大叫著「下一個換我了」，喜孜孜地上前給她揍。

「跟我能將天狼星少爺給予的疼痛轉變為喜悅一樣，他也能做到同樣的事呢。」

「啊……嗯，那我就不管他了。」

「妳怎麼可以被這種說法說服？」

簡直像我平常就有在打艾米莉亞似的，拜託別說這種話。好吧，視訓練方式而定，我有時的確會傷到她，所以也不能完全否認。

這時，毫不擔心兒子的伊莎貝拉指向事先備好的石頭，對梅雅說：

「……那，接下來換這個。」

「我真的打得碎嗎？」

「……石頭比那孩子更軟，又不會動，很簡單。」

之後，梅雅沒能擊碎石頭，倒是成功打出了裂痕。

隔天，梅雅再度來到鬥技場訓練，稍微做完暖身運動後，伊莎貝拉告知新的訓練內容。

「……今天要練習捕捉逃走的敵人。」

「鬼抓人？要玩遊戲嗎？」

「……不是玩遊戲。是練習追獵物。」

簡單地說就是鬼抓人沒錯，不過從伊莎貝拉的說法來看，不可能是一般的鬼抓人。

這次她除了重物以外什麼都沒準備，代表需要有被追的人。奇斯發現這一點，率先自告奮勇。

「負責逃的當然是我囉！」

「可是你很寵梅雅莉耶。我來比較好吧？」

「你這傢伙！想品嘗被梅雅莉追的幸福嗎！」

「喔，要打架嗎？」

兩人一副隨時要開打的樣子，最後由伊莎貝拉指名奇斯，化解了這場糾紛。

然而，雷烏斯說的也有道理，我認為這次讓奇斯以外的人來較為適合，她果然會忍不住以家人為優先嗎？

「媽、媽？還有喔？」

「……再三個。」

……我錯了。看來是因為訓練內容太過激烈，她才選了奇斯。

不只昨天用來背的石頭，她還幫奇斯戴上封住犯人行動的附鐵球手銬、腳鐐等大量的拘束器。

奇斯雖然也很壯，身上多了這麼多重物，大概動不了幾分鐘。難怪伊莎貝拉沒有選擇身為客人的雷烏斯。

「……六十秒內被抓到的話，就處罰。」

「來、來啊！」

「他怎麼有辦法那麼倔強？」

我們家的女性組都看得傻眼了，奇斯還是有辦法故作堅強，在各種意義上來說真是個有勇氣的人。

看到哥哥若無其事的樣子，原本多少有些困惑的梅雅也放下心來，鼓起幹勁等待訓練開始的那一刻。

「……範圍限制在擂臺上。那麼……開始。」

「好──看我一下就把你抓住！」

「呵呵……呵呵呵！之後有獎勵在等待我，這點重量不算什麼……」

他說的獎勵八成是被梅雅抓住，跟她接觸的機會。

鬼抓人揭開序幕，兄妹倆在擂臺上四處奔跑。

「哈哈哈，梅雅莉，來抓我啊。」

「站住──！」

眼前是關係良好的兄妹在追逐的溫馨畫面……不對，由於奇斯背著石頭又拖著鐵球的關係，離溫馨相去甚遠。

或許是負擔果然太重了，奇斯的動作漸漸變遲鈍，梅雅趁他身體嚴重失去平衡的瞬間撲過去，抓住奇斯。伊莎貝拉設定的時限過了，所以奇斯成功躲過了處罰。

「萬歲！抓到哥哥了！」

「唔……呼……呼……幹、幹得好……嘿嘿。」

「天狼星前輩，我問你喔，這個訓練有什麼意義呀？」

「一開始伊莎貝拉小姐不是說要訓練追捕獵物嗎？我猜她是想教梅雅把獵物追到體力耗盡，趁牠虛弱時解決掉牠的技術。」

說不定近期她就會帶梅雅進森林，讓她累積狩獵的經驗。

都累成那樣了，被妹妹抱住的奇斯還是一臉滿足。梅雅則因為抓住了哥哥，開心得不得了，伊莎貝拉不滿地走向兩人。

「……最後一擊呢？」

「咦，抓住了不就行了嗎？」

「……抓到獵物後要確實給予最後一擊，這是基本常識。因為負傷的野獸很危險。」

「可是這是哥哥，他也累了，最好不要吧？」

「……不對，現在這孩子是妳的獵物。給我做到最後。」

對獵物產生感情，可能會在意想不到之時遭到反擊。

但這不意味著要捨棄溫柔的心。伊莎貝拉應該是想告訴梅雅，我們是靠著吃獵物的肉維繫生命，所以有時不該猶豫。

「……放心。以那孩子的程度，還不會出人命。」

「還!?」

她可能是因為信任兒子強壯的身體才這麼說，不過在旁人耳中聽來，真是過分的發言。好吧，奇斯本人很滿足的樣子，我就不再吐槽了。

不管手段如何，少女就是像這樣一步步踏上成人的階梯。

……大概。

「嘿、嘿嘿……梅雅莉要給我最後一擊……啊嗯!?」

梅雅聽從母親的命令，對奇斯的側腹使出致命一擊。

在伊莎貝拉各式各樣的指導下，梅雅有了顯著的成長。

除了基礎體力提升外，她接著教導梅雅拳頭要怎麼擺以及出拳方式等戰鬥方面的技術，最後梅雅終於……

「嘿——！」

「呃啊!?」

學會了背摔。

她抬起奇斯那比自己壯兩倍的魁梧身軀，將哥哥砸向鋪在擂臺上的墊子。伊莎貝拉在外面滿意地點頭，對梅雅揮手，看得出她很高興。

與此同時，觀眾席的獸人們也放聲歡呼，喊著梅雅的名字為她的勝利獻上祝福。

這畫面已經不是訓練，而是摔角比賽的激情。

我們也在觀眾席旁觀，坐在旁邊的菲亞看見我的表情，面露苦笑。

「很少看你露出這麼複雜的表情。」

「嗯，我現在的心情真的很複雜……」

這幾天，梅雅確實變強了。

她又喜歡伊莎貝拉的摔角技，學會那一招可以說是自然的發展。

所以我不會說這是錯的，不過現在的狀況根本是摔角比賽……到底在哪裡走歪了呢？

「這話實在難以啟齒，但我認為怎麼想都是因為天狼星少爺跟伊莎貝拉小姐說了。」

「……我沒想到她會搞得這麼正式。」

簡單說明一下發生了什麼事。前幾天，伊莎貝拉來請我教她新的摔角技，還問我摔角到底是什麼。

一個成年人跟小孩子一樣兩眼閃閃發光，害我不忍拒絕，便從摔角所需的舞臺——附繩子的擂臺到炒熱氣氛的比賽流程等等，將我所知道的情報統統告訴了她。

伊莎貝拉興致勃勃地不停點頭，沒想到不到兩天，她就派人做了四角形的擂臺，叫來觀眾舉辦比賽。

「漂亮——！梅雅莉大人——！」

「梅雅莉大人！您太棒了！」

「接下來請您把我也扔出去吧——！」

雖然有個人差距，獸人基本上容易被強者吸引。

本來就很受歡迎的梅雅變得更強了，獸人的瘋狂程度自然直線上升。

再加上擂臺角落設有播報席，不知為何，雷烏斯還以來賓的身分坐在那裡。

『雷烏斯先生，梅雅莉大人剛才使出的招式，真是帥氣又優美呢。』

『對啊。竟然能在這麼短的時間內變強，真厲——』

『啊，梅雅莉大人往這邊看了！梅雅莉大人——！』

『聽我說話！』

然而，主播眼中也只有梅雅莉，雷烏斯待在那幾乎毫無意義。

這個狀況我真不知道該從何吐槽起，不過梅雅的背摔讓對手奇斯陷進擂臺，比賽應該到此結束了。

……我才剛這麼想，很遺憾，比賽還沒結束。

「哈哈哈哈！虧妳有辦法打倒我的部下，梅雅莉公主。我就誇妳幾句吧。」

『喔喔——！神祕的獅子假面出現了！』

讓我頭痛的另一個要因……戴著獅子面具的摔角手一出現在高臺上，觀眾便更激動了。

用不著說明，那就是喬裝後的獸王。

他只穿了用來遮臉的面具和褲子，卻沒遮住那巨大的身軀及茂密的鬃毛，所以一眼就看得出來。

從他的臺詞來看，獸王扮演的似乎是反派摔角手，刻意阻擋在梅雅面前，試圖讓她成長。所以觀眾也假裝沒發現獅子假面的真面目。

因為太想幫助女兒而扮演反派的獸王，其實只是想跟女兒在一起，溺愛女兒的心情爆發了。前幾天他也罵過奇斯跑去當梅雅的沙包——更正，梅雅的練習對象太奸詐，誠心感到不甘。

獸王大笑著出現，放下氣勢洶洶地抱在胸前的胳膊，指向梅雅。

「獅子假面，來也！公主啊，這次輪到我當妳的對手。」

「雖然我不知道你在幹麼，我才不會輸給爸爸呢！」

「我不是爸爸！我是獅子假面。」

獸王從高臺跳下來，無意義地在空中轉了好幾圈，華麗降落於擂臺上。他那麼壯，動作卻挺敏捷的。

就這樣，這對父女即將開打，但別說力量及技術了，大人跟小孩有壓倒性的差距，本來梅雅不可能有勝算。

觀眾緊張地觀察梅雅究竟要如何應戰，待在擂臺外的教練伊莎貝拉舉手宣布：

「……改成雙打制。」

「呃，什麼雙打……我只有一個人啊？」

奇斯因為被梅雅扔出去，正痛得癱在地上，暫時無法戰鬥。

順帶一提，雙打制是每隊共有兩人，各派一人上擂臺比賽，途中可以跟隊友換人的規則……

「……隊友幫助隊友很正常。這張椅子我也要拿來用。」

伊莎貝拉面不改色地站在梅雅旁邊，抱著自己不久前還坐在屁股底下的木椅。

「慢著慢著慢著!?那種凶器是擔任反派角色的我用的，再說，梅雅莉也沒遇到需要妳跳進來參賽的危機吧。」

「……一起幹掉他吧？」

「嗯！爸——不對，獅子假面，覺悟吧！」

對手不僅有凶器，還是一對二的狀況。

這樣真不知道誰才是反派，不過外貌出眾的母女和戴面具的壯漢，觀眾會支持哪一方顯而易見。

現在根本沒人站在獸王那邊，卻有試圖阻止這對母女的人——不多就是了。

「梅雅莉大人，伊莎貝拉大人，請不要欺負獅子假面欺負得太過頭。」

「嗯，不可以太超過。」

是格蕾特跟馬克達特。

他們明白地告訴想全力痛扁獅子假面的母女要手下留情。

「獅子假面等等還有工作要做，請兩位適可而止。」

「至少要讓他上半身還能動。」

「……知道了。」

「下半身可以隨便揍對吧？」

不……那兩個人在另一種意義上來說也是敵人。

「要、要揍的話至少讓梅雅莉來……啊啊啊啊啊啊——!?」

於是，壞人獅子假面由兩位王族驅逐了。

害情況發展成這樣，我有股罪惡感，不過大家開心就好……我決定放棄思考。

講點題外話……

「欸欸，爸爸，我不能跟大哥哥他們一直在一起嗎？」

「嗯，因為他們是冒險者。我也問過他們要不要留在這個國家為我做事，果然被拒絕了。」

「那我嫁給他，是不是就能跟他在一起了？」

「妳說什麼!?」

梅雅對我抱持的感情八成不是愛情，而是「想跟爸爸結婚」這種類似崇拜的情緒。

這句話害我被獸王跟奇斯瞪了，但最大的問題是……

「因為大哥哥很厲害嘛。又強，又什麼都知道，又會做好吃的菜。對不對？北斗大人，艾米莉亞姊姊。」

「嗷！」

「您說得沒錯。天狼星少爺是全世界最優秀的人。」

艾米莉亞和北斗，在我不知不覺間洗腦完畢了。

後記

各位讀者，好久不見。我是不知不覺發現出到第十一集的ネコ。

如各位所見，這集的故事離上一集過了一年，所以天狼星他們的服裝稍微有一些變動。

每位角色的變化各有不同，各位覺得如何呢？

尤其是莉絲，為了做出區別，我試著拜託Nardack老師讓她戴上帽子，營造出僧侶的感覺，結果變得非常可愛。

艾米莉亞及莉絲用的是風魔法，所以幫她們加了斗篷。兩位的斗篷都有原型，有興趣的人要不要找找看呢？

除了設計新衣服以外，在百忙之中幫忙繪製插圖的Nardack老師、協助十一集出版的人們，以及支持這部作品的各位讀者——

每次都講同一句話有點那個，不過真的很感謝大家。

基於篇幅因素，這次就寫到這邊。

但願能在十二集見到各位……再會！

WORLD
異世界式教育特務
TEACHER

浮文字

WORLD TEACHER 異世界式教育特務 11

（原名：ワールド・ティーチャー -異世界式教育エージェント- 11）

著　　者／ネコ光一　封面插畫／Nardack　譯　　者／Runoka

發 行 人／黃鎮隆　副總經理／陳君平　企劃宣傳／邱小祐、劉宜蓉

副　　理／洪琇菁　美術編輯／李政儀　國際版權／黃令歡、梁名儀

執行編輯／楊國治　文字校對／梁瓏、施亞蒨　文字排版／謝青秀

出　　版／城邦文化事業股份有限公司 尖端出版
台北市中山區民生東路二段一四一號十樓
電話：（〇二）二五〇〇—七六〇〇
傳真：（〇二）二五〇〇—二六八三
E-mail：7novels@mail2.spp.com.tw

發　　行／英屬蓋曼群島商家庭傳媒股份有限公司城邦分公司 尖端出版
台北市中山區民生東路二段一四一號十樓
電話：（〇二）二五〇〇—七六〇〇（代表號）
傳真：（〇二）二五〇〇—一九七九

中彰投以北經銷／楨彥有限公司（含宜花東）
電話：（〇二）八九一九—三三六九
傳真：（〇二）八九一四—五五二四

雲嘉經銷／智豐圖書有限公司　嘉義公司
電話：（〇五）二三三—三八五二
傳真：（〇二）二三三—三八六三
客服專線：〇八〇〇—〇二八—〇二八

南部經銷／智豐圖書有限公司　高雄公司
電話：（〇七）三七三—〇〇七九
傳真：（〇七）三七三—〇〇八七

一代匯集／香港九龍旺角塘尾道六十四號龍駒企業大廈十樓B&D室
電話：（八五二）二七八三—八一〇二
傳真：（八五二）二五八二—一五二九
E-mail：hkcite@biznetvigator.com

新馬經銷／城邦（馬新）出版集團Cite（M）Sdn. Bhd.
E-mail：cite@cite.com.my

法律顧問／王子文律師　元禾法律事務所
台北市羅斯福路三段三十七號十五樓

二〇二一年二月一版一刷

■中文版■

郵購注意事項：
1.填妥劃撥單資料：帳號：50003021戶名：英屬蓋曼群島商家庭傳媒(股)公司城邦分公司。2.通信欄內註明訂購書名與冊數。3.劃撥金額低於500元，請加附掛號郵資50元。如劃撥日起 10～14日，仍未收到書時，請洽劃撥組。劃撥專線TEL：(03)312-4212 ・ FAX：(03)322-4621。E-mail：marketing@spp.com.tw

國家圖書館出版品預行編目資料

WORLD TEACHER異世界式教育特務 / ネコ光一作；
Runoka 譯. -- 1版. -- [臺北市]：尖端出版：家
庭傳媒城邦分公司發行, 2021. 02-
冊；　公分
譯自：ワールド・ティーチャー：異世界式教育
エージェント
ISBN 978-957-10-9311-6 (第11冊：平裝)

861.57　　　　109019112